日本の旅人 在原業平

池田彌三郎

淡交社

日本の旅人

在原業平

目次

洛中洛外業平地誌　135

付録

本書は、昭和四十八年四月に淡交社より刊行した『日本の旅人1　在原業平　東下り』を復刻・改訂したものである。グラビア頁は割愛し、文字原稿の部分のみを再編集している。作品の独自性を尊重し、基本的に本文は初出掲載時の表記を採用しているが、明らかな誤りなどの一部は改め、ふりがなは新たに付した。また、㈴と表記して、淡交社編集局が注釈を加えた。

業平の旅

一　日本の旅人

在原業平《ありわらのなりひら》が、東国への旅行に出かけて行ったのは、多分、事実だったろうと思われる。業平の東下《あづまくだ》り、というような、典型的な「古代の旅」について、こういう、いわば曖昧《あいまい》な書き方をしなければならないことは、はなはだ遺憾なことであるというほかはないが、同時に、こういう曖昧さを持っているということが、とりもなおさず、古代の典型的な旅の、一つの条件となっている、ともいえるのである。

つまり、業平の東下りを、在原業平の実人生のひとこまとして、すなわち「事実」としてみていっても、日本には「事実譚《たん》」という名で呼ばれる「作り話」があるために、どこまでが正真正銘のほんとうの話で、どこからが事実譚に所属する類型的な話で、どこからはそれがいっそうあやしくなってきて、実在の在原業平の経験とは関係がなくなっていくのか、そのへんのところは、まことに模糊《もこ》としている。しかも、そういう性質の話を、重ね合わせたところに、業平の東下りは存在してくるのである。

このことは、同時に、在原業平という人物についてもいえるのである。

在原業平という人物が、実在したことは疑うべくもないが、その実在の業平の周囲には、多くの「業平とおぼしき人物」としての業平が囲繞《いにょう》しており、さらにその外周には、読者の心意の上に揺曳《ようえい》している、多分実在の業平にしてみれば、全然責任が持てない、というような、いわば「幻影の人としての業平」も存在している。

つまり、在原業平は、歴史と文学と民俗との間を、自由に出没し、自在に飛翔《ひしょう》しているのである。それは、古今に目を配って求めれば柿本人麻呂《かきのもとのひとまろ》がおり、同業者の中に探せば、和歌の業平に対して漢詩文の小野篁《おののたかむら》がおり、異性にあっては小野小町《おののこまち》がいる。それぞれ、似たような傾向を示しながら、「古代」を出入しているのである。

そしてこういう「人物」が、いつか、なにかの目的を持って、日本の国土のうちを通過して行ったのが、「日本の旅人」の、一つの有力なすがたであった。とりわけ、古代の旅人は、的確に、実在の「一人」の人物としては、はなはだ掌握しにくい。従って今、「日本の旅人」の一人として、まず在原業平を採り上げる場合も、細部の考証にこだわっていては、一向に業平の旅は、道が進まないであろう。まず、そうした点検にはかなり——ということは必要欠くべからざることだけにとどめて、多くは目をつぶって、さしあたり、その旅についての叙述を進めていきたいと思う。しかしそう決意してみても、問題点をまったく無視してしまうわけにもいかない。

だいいちに、一体、それがいつのことだったのか、そうして、なんのために、はるばると東国などへ出かけて行ったのか、ということになると、もうそこで、しばらく出発を見合わせなければならなくなってしまう。

二　「業平の旅」

それがいつのことであったのかは、的確にはわからない。歴史の記録に徴しても、なにもないが、強いていえば、仁明《にんみょう》天皇の嘉祥二年（八四九）、業平二十五歳の時から、清和《せいわ》天皇の貞観四年（八六二）、三十八歳の時までの間、それもその期間のあとの方によった時分、ということになる。この拠《よ》りどころは、あとで述べることにするが、『伊勢物語《いせものがたり》』によれば、それは「昔」のことであった。

「昔」というのは、その話を書き記している現在からは、過去の「時」になるわけだが、「今は昔」「昔々」「昔々のその昔」「昔々大昔」といった、次第に誇張されていく不信の度合いの表明に比べては、まだまだ、筆者なり話者なりが、まるきり、無責任に投げ出している、というのでもない。現に『伊勢物語』によると、その「昔」とは、

ならの京ははなれ、この京は人の家まださだまらざりける時――第二段

という規定がなされているところがある。もちろんこの「昔」が、『伊勢物語』の説話のすべてが落ち着くべき時、ということでもなく――『伊勢物語』の個々の説話には、時代物と世

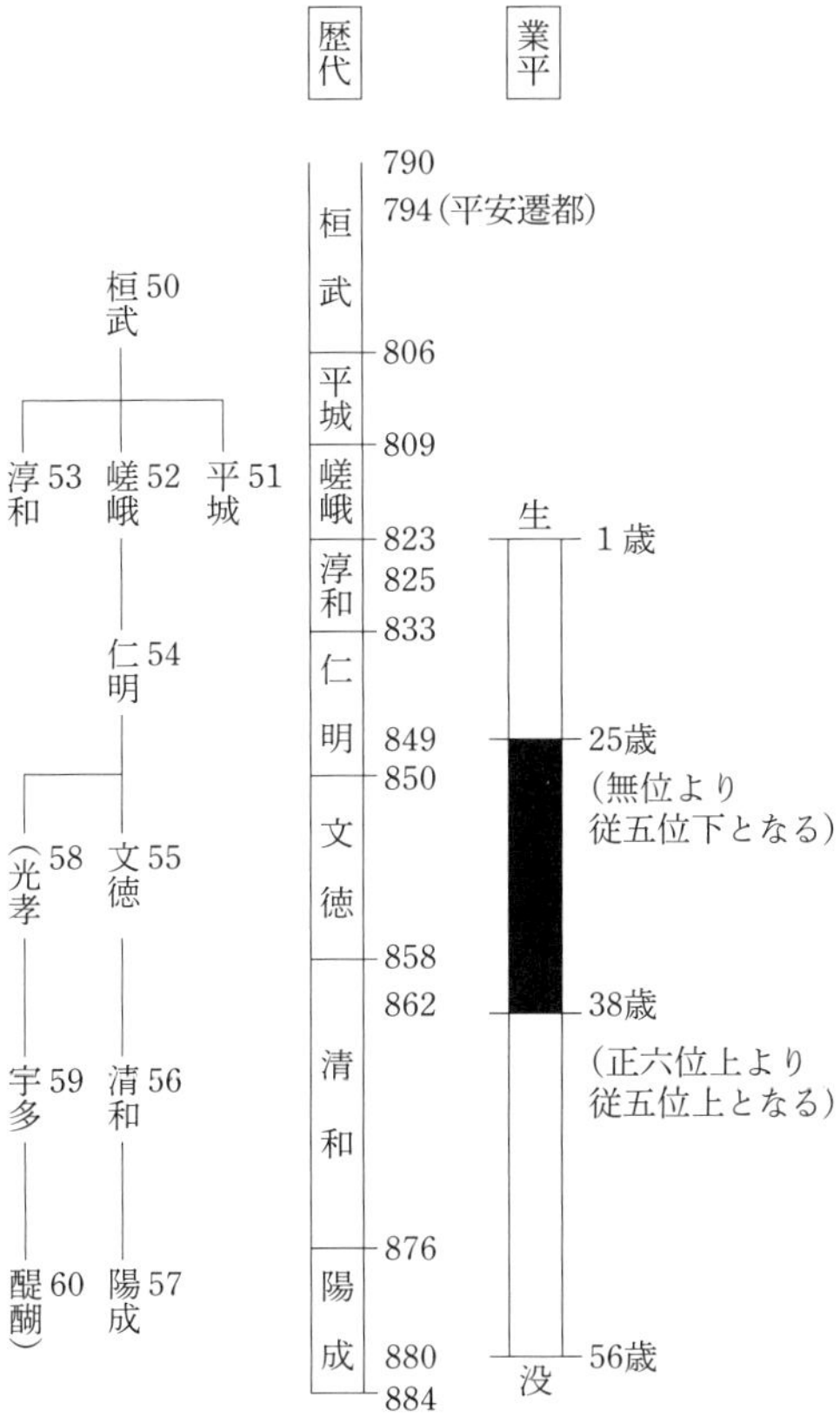

第一図　平安初期の歴代と在原業平

話物とがある——、また、在原業平の一代の現実は、少し右の規定には合わないとも思われる。

右の記述によると、それを書いている現在は、「この京」もかなり落ち着いてきた時なのだが、その現在からみてもその「昔」は、平城京は衰えてしまっていたが、間に十年間の長岡京の時代がはさまっていたために、平安京がはじまっても、人々は、またいつ、都遷《うつ》しがあるかしれたものではない、といった気持があって、新京への移住と定着とが、はかばかしくは進まなかった、という「時」であった。だから、そういう時に、在原業平が生きていたとするのには、少し不正確な嫌いがあり、同時に、『伊勢物語』では、業平だと明記しているわけではなく、業平とおぼしき人物として書いているのだから、そのずれはかえって承知の上での、おぼめかしかもしれないのである。在原業平は、淳和《じゅんな》天皇の天長二年（八二五）に生れ、陽成《ようぜい》天皇の元慶四年（八八〇）になくなっているのだから、『伊勢物語』の「男」、すなわち業平とおぼしき人物の人生の方は、少しさかのぼらされていることになる。

ともかく、そうした「昔」に、在原業平は、東国へくだって行った、ということになっているのである。

ところで、それでは一体なんのために、はるばると東国などへ出かけて行ったのであろうか。これもやはりはっきりとはわからない。

もっともらしい、うがったような説によると、当時、東国においては、蝦夷《えぞ》の勢力が伸張し、朝廷としてはその討滅のための、抜本策を立てなければならなかったので、それに先立って、まず業平が、状況の視察に赴いたのだ、というのである。平安朝の歴史にとどめられた蝦夷の叛乱とその征討とは、陽成天皇の元慶二年（八七八）をもってその最高潮とし、その征討の衝にあたったのは、奇しくも、業平の娘の夫、藤原保則《ふじわらのやすのり》であったから、右の説にもうがったおもしろさはあるが、ほぼ推定される業平の東下りからは、少くとも二十数年は経過しているので、こういう、秘密の勅命を帯びての探索という説が生ずるということ自身、業平の東下りの目的がはっきりしないことの証左《しょうさ》であるといえよう。

ところで、『伊勢物語』によると、その「男」の東下りの理由は、

(1) 京にありわびて、あづまに行きけるに――第七段

(2) 京や住み憂かりけん、あづまのかたにゆきて、住み処求むとて――第八段

(3) 身をえうなきものに思ひなして、京にはあらじ、あづまのかたに住むべき国求めにとて行きけり――第九段

というように書いてある。(1)(2)(3)と三通りに書いてあって、それぞれ表現は異なっているけれども、それは、お互いに背馳《はいち》することをいっているわけではない。

要するに、なにか、憂鬱《ゆううつ》になるようなことがあって、都での暮しにいや気がさして、しば

らく都の生活と断絶して、東国にでも身を寄せよう、というつもりらしい。どれも、「自発的」に、出かけて行った、という書き方である。「住む」というのは、どっかとそこに落ち着いてしまうことではなくて、「身を寄せる」というくらいのことである。

もう一つ、次の話では、

(4) 昔、男、武蔵《むさし》の国まで、まどひありきけり――第十段

とある。「まどふ」というのも、迷うのではなく、これといって、きまった目的もなしに、もちろん宮廷の官吏としての資格で、任務を帯びて行くのなどではなしに、出かけて行ったことをいっている。

しかしまだ、なんでこの男が、都の暮しにいや気がさしたのかはわからない。けれどもそれは、『伊勢物語』における限りでは、『伊勢物語』を読んでいけば、それはなんとなくわかるのである。

*

『伊勢物語』は、百二十五段からなる説話集である。多少の例外はあるが、およそ、「昔、男ありけり」というきまり文句の書き出しではじまっている。すなわち、それぞれ独立した説話、百二十五の集成である。

ここで、『伊勢物語』の分析や考察に深入りすることはやめようと思う。しかし、どうしてもいっておかなければならないのは、そのことである。

『伊勢物語』は、書かれている通りに、まっ正直にこれを受け入れれば、第一段の男と、第二段の男と、第三段の男――この、一、二、三は、もちろん他の数字と入れ替えてもいい――と、以下各段の男は、皆それぞれ関係がない。一人の男の、一生におけるさまざまな経験を、いくつにも分けて書いていくのならば、なにも、一段ごとに、あらためて、「昔、男ありけり」と書き起す必要はない。だから、『伊勢物語』自身は、各段別々の主人公であることを主張しているはずなのである。

それなのに、『伊勢物語』の読者は、いつの間にか、その主張を無視してしまって、第一段の男と、第二段の男と、第三段の男と、以下各段のそれぞれの男を、一人の男であるかのように、読みとってしまった。各段の主人公は、めいめいA・B・C・D……という、別々の男であるはずなのに、読者は勝手に、それを一人の男の、それぞれの経験談、というように読みとってしまった。そんなことは『伊勢物語』自身は決して主張していないのに、読者はそう読んでしまっている。あるいは、こういう「読みとり方」は、『伊勢物語』の読者が、『伊勢物語』を読んでいくうちに発見した読み方かもしれず、また、そう読みとらせるのが、編者の巧妙な詐術《さじゅつ》であったかもしれない。もとより、説話集というものは、それがひとまとまりの「集」として成立しているのは、そこに集められた各説話が、少くとも「文体」をひとしくしなければならないというのが、条件である。『伊勢物語』、もとよりこの不文律に忠実である。それが、有力に働きかけたのかもしれないが、『伊勢物語』の読者は、一人の男の人生の展開として、いつの間にかこれを受け入れてしまったのである。

そういう目で眺めると、『伊勢物語』の、説話集としての説話の排列には、大筋のところ、一人の男の人生の展開、という並べ方の計画がはっきりとみえている。もちろんそこには、一人の男の次なる経験、というようには進行しないで、経験をひとしくする別人の人生が、関連性をその点に注目して並べられていることもあるけれども、それはいわば横の並びともいうべく、大綱は、一人の男の一代記というべき、長篇の形をとっている。

すなわち、現在の『伊勢物語』は、第一に「うひかうぶり」の段を置き、最後の第百二十五段に、死に臨んでの歌を主にした一段を据えている。いかにも、一人の男の一代記といった、趣がみられる。「うひかうぶり」は、はじめての任官であって、位は五位に叙せられる。つまり、上流貴族の子弟の、宮廷の官吏としての、一人前の資格の取得であり、殿上人《てんじょうびと》としての出発であり、その意味での誕生である。これを冒頭に置いて、最後に主人公の死を置いているのだから、説話集の編者の計画では、読者の側の読みとり方の癖を十分に予期した上で、一人の男の一生めかして、順序よく話を並べているのである。

だから、一話一話は、前後無関係なようでいて、なんとなく関連があるように、読者は受け取るのであって、こういう、潜在しているけれどもかなりはっきりとみられる編者の計画では、「男」が、都の暮しにいや気がさした原因らしいことは、ちゃんと、東下りの段の前に置かれた話によって、読者はなんとなくわかるのである。また、編者は、その排列によって、わかってもらおうとしているのである。

すなわち、男が「ありわび」たり(1)、「住み憂」く思ったり(2)、「えうなきもの」と思いなしたり(3)、さらに「まどひありきけり」(4)、などと書かれているひとかたまりの話の前には有名な「芥川《あくたがわ》」の段が置かれているのである。編者は、この話の解明に、業平東下りの原因を解く鍵がひそんでいることを、示している。

ところで、この「芥川」の段の話は、話としては、建物にまつわる怪異、特定の場所にとりついていて、怪異を示す妖怪の物語であって、そういう怪異の出現によって、女がとり殺されてしまった、という怪異譚である。これは「鬼一口」の話と名付けるべき、類型の中にはいる話であって、同類のものは、素朴な怪異譚、あるいは事実譚として、多くの記録・歴史物語・説話集等に伝えられている。

あるいは、『源氏物語』の「夕顔《ゆうがお》」巻の話の素材も、これとまったく同類であるばかりでなく、見方によっては、この段に到る『伊勢物語』の運びそのものが、『源氏物語』の「夕顔」の巻の成立と、無縁ではない、と説いている説もあるほどである（金田元彦「西の京の女」）。

その、示唆《しさ》・投影の是非は別としても、『源氏物語』の作者が、素材を十分に溶解して、光源氏の履歴の中にきっちりと位置付けて小説化したのに比べて、『伊勢物語』の編者は、独立した怪異譚は怪異譚として、説話集の一つとして排列し、そのあとに「絵解き」のような解説を左注として添加して、話を無理に業平とおぼしき人物の経験たらしめ、その履歴、一代記の中に、合理化して繋留《けいりゅう》した。

それがいかにもとって付けたようなので、逆にそこに、編者の、『伊勢物語』を業平の一代記として再編成しようとした意図が、まざまざと露出しているのである。『伊勢物語』の原作者のあとに、そうした意図を持った、第二、第三の作者なり編者なりがいたことは、今日の『伊勢物語』をみて、誰しもそれを原典そのままのものとは思わないだろうことからいっても、納得してもらえるだろうが、それにしてもこの「注」は、かなり古い書き加えであろう。

編者の左注はこういっている。

この話の中で、男に盗み出された女というのは、実は、藤原長良《ながら》の女で、高子《たかいこ》といった人である。この人は、後に清和天皇の宮廷にはいって、二条の后《きさき》と呼ばれた人であるが、まだ宮廷の人とならず、大臣家の娘の身分であった頃に、在原業平が懸想《けそう》して、盗み出した。ところが、高子の兄で、後に堀河大臣といわれた基経《もとつね》や、さらにその長兄で後に大納言《だいなごん》になった国経《くにつね》が、まだ身分の低い公卿であったが、宮廷へ出仕する途中で、ひどく泣き叫んでいた女の声を聞き、盗まれていく妹を発見して、これを取り戻した。そういう事実を、この話では、女が鬼にとり殺された、といっているのである。

いかにもとって付けたような、こんな左注を付け加えて、編者は「鬼一口」の類型的な怪異譚を、業平一代記のひとこまとして挿入し、しかもその排列の位置付けを、みられる通りの場所にしてしまったのである。

こういう話を読んだ読者が、続いて、男が京にありわびて、という話に読み進んでいけば、どうしてもそこに因果関係を読みとらないではいないだろう。

男――もうここでは業平といっていいだろう――は、女の掠奪《りゃくだつ》に失敗した。大臣家において、帝の「后がね」として考えている女性に対して、無理無体な恋をしかけ、直接行動に出て、しかもその女性の兄たちに取りおさえられてしまったのである。弁解の余地のない、現場をおさえられてしまったのである。

しかし、基経等の一族としては、このことが世上に流布することを怖《おそ》れた。あたら、女御《にょうご》の候補者が、きずものになってしまう。だから、正面からこの事件を採り上げて、業平を処罰するわけにはいかない。ということは、もっと陰湿に、虎視眈々《こしたんたん》と機会をうかがって、別のとがをいい立て、完全な失脚に追い込んでしまおうとするに違いない。こういう四囲の状況の中に置かれたのが、事件後の業平であった。

そこで、先手を打って、禍いの身に及ぶ先に、自分で身をひいて、都のそとに身を隠してしまおうとしたのである。そういう、業平自身の身の処理は、考えられるところである。少くとも、この話の位置付けから、読者はそう読みとるに違いない。そして、そう読みとらせるのが、編者の、排列にあたっての計画であった。業平は、恋愛事件によって、古風ないい方をすれば、「たわや女《め》のまどひ」によって、東下りをしなければならなかったのである。そして、こういうことになった業平は、もはや実在の在原業平の、知ったことではない。しかし、都の貴族が、はるばるとひなのあづまへ出かけて行ったということは、そういうことでなければならなかったのである。

これは、物語の上の光源氏の、須磨《すま》への退去とよく似ている。朧月夜《おぼろづきよ》の尚侍《ないしのかみ》という、今《きん》上《じょう》に仕える内侍所の長官である女性との、密会の現場を、尚侍の実父の右大臣に見あらわされ、それによってさまざまに画策されているらしい右大臣側の策謀を察知して、自分から、都のそとに出て行く形をとって、須磨に行ってしまった光源氏の場合と、話の進行はよく似ている。

時代がくだると、業平説話にも、いろいろと尾鰭《おひれ》が付いてくる。みんなにつかまった時に、人々はよってたかって、業平の髪の毛を切ってしまった。それでは、冠が頭上に安定しないし、そんな姿では宮中へ出仕するわけにはいかない。そこで、髪の毛がはえそろうまで、都を離れて、東国の旅に出たのだという。

この、『古事談《こじだん》』などという書物に書かれている業平になると、実在の在原業平とも、『伊勢物語』の業平とおぼしき人物とも、はるかに離脱してしまって、民俗的な説話の主人公として勝手に歩き回り、話も自由に進展し、流布していったようである。

近世の俳諧になると、場所によっては、王朝びとの面影を句にして付けなければならなかった。そんな、王朝びとの俳諧化の付句に、

髪はやす間をしのぶ身のほど

この句、なんとなく、落語の「三年目」を思わせて、苦笑を誘う。しかしそれはこちらの勝手な受け取り方であって、この付句の作者は、当然、業平を思い浮べ、俳諧化しているわけである。しかしそれはすでに、幻影の人としての業平である。けれども、こうした付句が成立するところに、人々の心意に、知識として揺曳していた業平を、想像することができる。

＊

さて、「日本の旅人」としての在原業平が、一向に旅行に出発してくれないのであるが、日本の旅人は、どういう目的でその旅に出たかということが、はなはだ大事であって、場合によっては、旅の経過、道中そのものよりも、いっそう大事であることが多い。はなはだもどかしい次第であるが、もう少しお付き合い願いたいと思う。

三　王氏在原業平

ふたたび話を、はじめに戻したい。

在原業平が、東国への旅行に出かけて行ったのは、多分、事実だったろうと思われる。それは、作者を在原業平と明記した歌が二首、羈旅《きりょ》歌として、『古今和歌集』に採録されているからである。なんといっても『古今集』は勅撰集であって、しかももっとも本格的な、整然とした勅撰集であるから、これに記録されていることは、信ずるより仕方がない。そこまで疑ってかかっては、拠るべき立場がなくなってしまう。

この二首、記録的な意味でも、話を進めていくための出発点としても、一応、書きとめておこうと思う。長い詞書《ことばがき》を伴って、二首が並んで置かれている。――表記、および形式は、必ずしも『古今集』通りではない。――

あづまの方へ、ともとする人、一人二人、いざなひていきけり。三河の国八橋といふ所に到れりけるに、その河のほとりに、かきつばた、いとおもしろく咲けりけるを見て、木の蔭におり居て、かきつばたといふ五つ文字を、句のかしらに据ゑて、旅の心をよまむとてよめる　在原業平朝臣

からごろも　着つつなれにしつましあれば、はるばる来ぬる旅をしぞ　思ふ

武蔵の国と下総の国との中にある、墨田河のほとりに到りて、都のいと恋しう覚えければ、しばし河のほとりにおり居て、思ひやれば限りなく遠くも来にけるかなと思ひわびて眺めをるに、渡し守、はや舟に乗れ、日暮れぬと言ひければ、舟に乗りて渡らむとするに、皆人ものわびしくて、京に思ふ人なくしもあらず。さる折に、白き鳥の、嘴と脚とあかき、川のほとりにあそびけり。京には見えぬ鳥なりければ、皆人見知らず。渡し守に、これは何鳥ぞと問ひければ、これなん都鳥、と言ひけるを聞きてよめる

名にし負はば、いざ言問はむ。都鳥　わが思ふ人は　ありやなしやと

第二首目に、作者名がないのは、二首連続しての排列だからである。勅撰集である『古今集』に、これだけの記録のまとまりがあることは、ともかく、「史実」としての在原業平の旅行を認めざるを得ないと思う。『古今集』が、業平の歌として記録している歌は、これも一応、まずそうと信じてかかるより仕方がないと思う。

そのほかの資料になると、勅撰集では、次の『後撰集』ぐらいまでは、作者を業平としている歌は、まだ、業平の作品として認めることができるけれども、同じ勅撰集でも、『新古今集』までくだると、もう、その信憑《しんぴょう》の度合いはぐっと薄くなってしまう。すでに、平安朝の

末期には、業平は、その実歴に、多くの尾鰭が付いて、事実譚という形の説話の中に、その人物が出没している上に、すでにそういう性質を持っているものを、原典として、そこから採取している歌が増えている。『伊勢物語』の歌で『新古今集』にしか見あたらないものがまあるのは、その理由によるものと思う。

一方、私撰集になると、『古今六帖』にしても、私家集としての『業平集』にしても、実在の在原業平との関係を、どこまで信じてかかれるか、かなり用心深く立ち向わなければならないであろう。

ところで、歌というものは、その作が、作者について、絶対に信用がおけるという場合でも、その歌から、その作者の生活を、直接に導き出してくることは、非常にあぶないと思わなければならない。絵に「絵そらごと」があるように、歌にも「歌そらごと」がある。贈答には贈答、離別には離別、羈旅には羈旅と、それぞれ作歌にあたって作者を制約する約束ごとがある。宴席の歌などはことにまっ正直に、歌われている内容からじかに作者の生活を引き出してくるわけにはいかない。

とりわけ、『伊勢物語』などは、歌物語であり、作り物語である。短詩型文学の短歌などは、一首の歌ではその解釈にゆれを生ずることは当然のことであって、それを承知の上で、作者の奇智は、その歌の成立事情などは、思いのままに替えてしまうであろう。『伊勢物語』などのおもしろさは、まったく違う成立事情の歌を、作者の詐術で思いがけない転換を試みているところにある、とさえいえるくらいなのである。

だから、『伊勢物語』の中に、業平伝のいくこまかを探ることは、まずはなはだ危険な仕事なのだという腹を据えてかかっていく必要があるわけである。

それならば、『六国史《りっこくし》』というような、官撰の正式の記録の中に、業平の経歴を求めることができるであろうか。ところがそれは残念なことに、はなはだ僅少《きんしょう》な記述しかないのである。しかも、漢文の表現というのは、残念ながら「左手で背中をかく」ようなもどかしさがあって、折角の記述が、ぴたりといかないことも、ままあるのである。

さて、業平離京の原因のように、『伊勢物語』の編者が示唆している恋愛事件――后の候補者の掠奪と、それから起った波紋――は、もちろん正史の上には、なんの印象もとどめてはいない。つまり、積極的な記述はない。しかしながら、こちらがそういう疑いをもってみると、在原業平という実在人物の履歴の上には、そういうことがあったのではないか、という推測を起させるような、ある種の記事がある。

前の章で、業平の東下りがあったとすれば、その「時」は、仁明天皇の嘉祥二年（八四九）、業平二十五歳の時から、清和天皇の貞観四年（八六二）、三十八歳の時までの間ということになる、と記しておいた。そのことから説明を続けていこう。

実はこの十三年間は、業平のことが、まったく正史の上に出てこない期間である。しかも、史書の記述をそのまま信ずれば、この欠落の期間のあとに、業平は官吏として、新規蒔直《まきなお》しの、再出発をしたことが、その記述から読みとれるのである。

仁明　嘉祥二年　25歳　無位より従五位下となる――続日本後紀
清和　貞観四年　38歳　正六位上より従五位上となる――三代実録

すなわち、間にはさまる『文徳実録《もんとくじつろく》』には、まったくその影を落さず、従五位下になったものが、いつの間にか、殿上人から地下《ぢげ》に落されていて、あらためて、正六位上という位を得ていた状態からやっと、従五位上に昇進しているのである。

もちろん、この記録を全面的に信用してのことではあるが、十三年たって従五位下から従五位上に昇進したとしても、その昇進の遅さに首をかしげたくなるが、まして、貞観四年（八六二）には正六位上だったとすれば、この十三年の間に、降等されるか、剝奪されるかしていたことになり、さてそれは一体どうしたことなのだ、ということになる。

史書は、業平の人生について、積極的にはなにも語っていないが、消極的にはなにかを語っている。そして、その履歴の上に、なにかの暗さを暗示する部分があることが、第一章で叙《の》べた、事件その他が、しのび入ってくる結果を招いているわけである。

＊

ここで、在原業平の一生を展望しておきたい。

在原業平は、淳和天皇の天長二年（八二五）に生れた。父は阿保親王《あぼしんのう》、母は伊登内親王《いず（と）ないしんのう》（伊都、伊豆とも記す）であって、すなわち、父方の祖父は平城《へいぜい》天皇、母方の祖父は桓武《かんむ》天皇で、系図からいえばまさに王氏のちゃきちゃき（嫡々）であった。

平安朝にはいってから、嵯峨《さが》天皇の時代に、氏姓の整理のことが行われて、有名な『新撰《しんせん》姓氏録《しょうじろく》』が撰進されたけれども、それによると、当時の氏姓の考え方はごく単純であって、皇別・神別・諸蕃《しょばん》の三者であった。皇別はすなわち「王氏」で、天皇を祖とする氏であり、神別は皇室系図以前の神々をその祖と伝える「他氏」の家であり、諸蕃は渡来人《とらいじん》の筋であった。奈良朝から平安朝へ、さらに平安朝の盛時に向っての、烈《はげ》しい政権の争いも、他氏を独占した藤原氏と、新旧の王氏の人々との争い、というようにもみることができる。

王氏にあっては、系図上、五世をもってその極限とするためもあって、五世の位置にあるものに、変化がみられた――たとえば、継体《けいたい》天皇の即位、橘諸兄《たちばなのもろえ》の賜姓等――のであったが、平安朝の王氏にあっては、系図の上で天皇の孫の位置にあるもの、すなわち「孫王《そおう》」――有名な清和源氏の場合は清和天皇の孫、六孫王経基《ろくそんのうつねもと》から出ており、これを、ロクソンノウと呼んでいるが、平安朝のそのほかの孫王は普通ソオウと呼んでいる――と呼ばれるものが、多く目に付く。ことに文人の場合は、「孫王歌人」という一類が考えられるほどであるが、在原業平も、この孫王の位置にある文人というべき一人であった。

業平の生涯を、平安朝初期の王氏と他氏との対立抗争の中に強いて位置付けてみると、たとえば、文徳天皇の時の、立太子を中心にしての抗争の時をみると、当時の政界のトップクラスには、嵯峨源氏が勢力を張っている様子がみられる。

左大臣　源常《みなもとのときわ》
右大臣　藤原良房《よしふさ》
大納言　源信《まこと》

ほかに中納言に、源定《さだむ》、源弘《ひろむ》という嵯峨源氏がおり、他氏である良房も、その妻は嵯峨皇女潔姫《きよひめ》であった。

こういう体制が次第に移って、良房は、甥にあたる基経を養子とし、自らは摂政太政大臣となり、文徳・清和・陽成の三代は、ことごとくそのごく近い子女の御子として出生した。同じ嵯峨源氏の源融《とおる》は、すでに基経への抵抗も試みているくらいだが、ともかく、政界の正面に、王氏を立てておいて、着々とその実質的勢力を涵養《かんよう》し伸張していったのが、北家冬嗣《ふゆつぐ》の流れであった。

こうした時代を特に拡大して受け取った人の中には、業平の東下りをもって、藤氏討伐のための義兵をあげるために、王氏たる業平が東国にくだったのだという説をなしたほどであって、それはいささか、荒唐無稽《こうとうむけい》に近い説ではあるが、ともかく、業平の一生は、冬嗣―良房―基経の家系が、日本の上流貴族社会に君臨していく、藤氏としてももっとも活力に充ちた時代であったわけで、そういう時代に、體貌閑麗、放縦拘らず、ほぼ才学無きも、よく和歌を作る。

と評せられた在原業平は生きたわけであった。

右の評言は、有名な「卒伝」の中にある語句であって、『三代実録』の元慶四年（八八〇）五月二十八日の条に、業平の死を記し、それに続いて記されている、二百字あまりの記事の中にある文句である。天の下の色好みとして喧伝《けんでん》された業平の面影を伝えた、もっとも信頼すべきものだが、それだけにこの「ほぼ才学無し」という評語については、従来、みな戸惑っているわけである。『三代実録』のその記述をついでに引用しておこう。


従四位上行右近衛権中将、兼美濃権守在原朝臣業平卒。

業平者、故四品阿保親王第五之子、正三位行中納言行平之弟也。阿保親王、娶二桓武天皇女伊登内親王一、生二業平一。

業平、體貌閑麗、放縦不レ拘、略無二才学一、善作二和歌一。

貞観四年三月、授二従五位上一。

五年二月、拝二左兵衛佐一、数年遷二左近衛権少将一。尋遷二右馬頭一。累加至二従四位下一。

元慶元年、遷為二右近衛権中将一。

明年、兼二相模権守一。後遷二兼美濃権守一。卒年五十六。

こういう履歴の中で、業平は、貞観十四年（八七二）五月には、勅使として、渤海国《ぼっかい》の使臣を、鴻臚館《こうろかん》において歓待している。当時業平は右馬寮の長官、右馬頭《うまのかみ》であって、詳しいしきたりについては知らないが、その職掌からいって、外国の使節の歓待の役に任ずることは、管掌外のことへの起用であったのではないか、と思われる。しかも、その功を認められたのか、翌十五年には、十二年目にして位階の昇進が行われて、従四位下になっている。

こうした経歴を顧みても、業平が「略無才学」と評されるのは、変ではないか、というのである。

これについては、「才学無し」とは「才学有り」の誤りではないか、とする説がある。有と無とのごとき、正反対の記述は、かえって過誤を犯すことも、ありうることだが、業平を才学ある人として、それに記述を合うように、表記のミス説を立てるというのは、やや御都合主義の嫌いがある。

もう一つの説は、業平が外国の使節歓待の役に任じたにしても、『三代実録』の執筆者である菅原道真《すがわらのみちざね》の目からみれば、業平の才学などは、たいしたことではなかったであろう、だから、文字通り、「略無才学」と評されたのであろう、というのである。

ただ、それにしても、史書の編述者は、何故に特にこうした評語を加えたのかという疑問がのこるであろう。

才学という語は、古典の用例では、「才学」という熟語か、「才と学と」という並列の語か、明らかではない。中国の用例では、「史ノ三長」といって、史たるものは、「才と学と識と」、この三つに秀《すぐ》れていることを要件としており、その場合に「才学識」の三者並列の語がある。

この先蹤《せんしょう》にこだわるならば、才学とは、才と学と、ということになるが、あるいは、こちらの用語としては、そういう中国古典の正統の用例をすでに離れて、特に平安朝における「ざえ」といわれた、日本語化した語の、ふたたび得た漢語評言ではなかったか。

平安朝における、人物についての考え方の根底に、「和魂漢才《わこんかんさい》」という考えがある。内在する魂は、やまとだましい、すなわち和魂であり、その身に付ける後来のものは、からざえ、すなわち漢才であって、この和魂漢才の人をもって、理想の型とした。ざえは、修養・研修によって、中国大陸の先進国の知識の、身に付着したものであった。そして、「才学」とは、この意味のざえを表現したものとみるのである。

才→サイ→ざえ→才学
こういう「才学」という語の解釈を持ち込めば、業平に対する先の評言は、漢才においてはさほどのことはなかったが、和魂を十分にそなえた人であって、やまとうたの創作には堪能であった、ということになる。すなわち、和魂と漢才とのバランスにおいて、和魂に特に秀れた人であった、という評言であるとみられると思う。

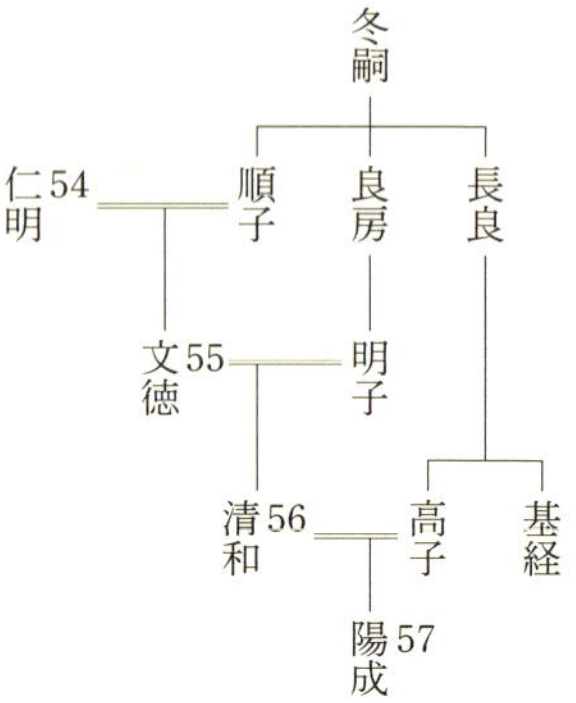

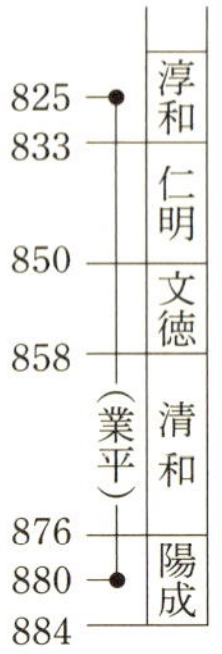

第二図

従って「放縦不拘」というのも、無頼の徒のごとき行動をいうのではなく、中国式の人物評価からすれば、その「わく」のそとにはみ出る行動が多く、それはとりもなおさず和魂の発動としての「色好み」の人物ということになるのであろう。

そして、「體貌閑麗、放縦不拘」という史書の人物評に対して、読者の側における業平の行動・言動の方が引き寄せられていったとみられるのである。業平の人生を伝えるものも、これを受け容れるものも、適宜に選択し、誇張し、合理化して、粉飾していったのである。

以上のことは、実在の在原業平は、その本人においてすでに、伝説化したり伝承的人物になっていったりする素地が、十分にあったということになる。

その実歴の位置した五十六年間を、皇位継承との関係において示しておく。

＊

業平は、元慶元年（八七七）、陽成天皇の治世第二年目に、右近衛ノ権ノ中将となっているが、このために、業平は「在中将《ざいちゅうじょう》」といわれたり、また「在五中将《ざいごちゅうじょう》」ともいわれるようになった。これは、在原氏の第五男で、中将である人ということである。業平は、陽成天皇の第五年目、元慶四年（八八〇）に、中将のままでなくなっている。その位階が、業平にとっての通用の名になって用いられた。中将の在任はさほど長くはないのだが、生涯を了《お》えて後に、その人の最高の位階をもって呼んだのであって、たとえば『今昔物語集』などで「在原ノ業平ノ中将」が東国へ行ったというようなことが書かれていても、それは別に、中将になってから行ったということではない。同時に、晩年には中将のまま、相模《さがみ》、美濃《みの》の権ノ守を歴任しているが、晩年の人生が、関より東の国々と関係があったことはわかるが、その実歴とあづまの方への「まどひありき」とは、直接の関係はあるまい。

業平が在五といわれたのは、在原氏における五男ということだが、仲平《なかひら》・守平《もりひら》・行平《ゆきひら》と、三人の在原氏の兄は系図にあるが、それだけでは在四というべきである。多分、大江氏を継いだ音人《おとひと》が、長兄として数えられているのであろう。『伊勢物語』なども、後の読者の私称では「在五日記」といわれている。

ただ、平安朝では、後にもう一人の「中将」が、やはり東国にくだって行っており（藤原実《さね》方《かた》）、それも歴史的事実ではあったが、同時に、中将という名の人物は、とかく流離の旅に出る傾きがあるものとして、受け取られていった。それはむしろ逆に、チュウジョウ、もしくはそれに近い呼び名の者が、民俗的な生活の中に、旅人として出没しておって、それが中将という官の名として合理化され、実在の中将を、その民俗の中に取り込んでいったのである。チュウジョウの系統の旅行者については、ここでは深く触れない。
もともと「中《チュウ(なか)》」は、神と人との間の仲介・中立ちの役に任ずるものの名である。

*

なかつすめらみこと——中皇命・中天皇。これは、天皇と天皇との中継ぎの天皇（女帝）と解されていたが、天の神と、地上におけるその代理者として天皇との、中継ぎのもの、という意味で、最高の巫女としての皇后が、その役に任じたのである。平安朝に到って、急に出てくる「中宮」の中は、この系統の「中」であろう。
なかつおみ——神と天皇との中継ぎの役に任ずるもの。この職掌が、次第に一氏に集中し、氏の名としての「なかとみ」が成立した。
なかのり——くだって、民俗の生活の中にこれを探ると、神と人との中に立って、神のことばを翻訳して伝えるものが、中宣《なかの》り、もしくは中語《なかがた》りである。中語りを音読した「チュウゴ」は、神聖な山嶽といわれる宗教的対象の霊山の、強力《ごうりき》の名にのこり、中宣りを中乗りと合理解した果ては、意味のほとんど不明となった「木曽《きそ》のなかのりさん」にまでなった。これも、木曽の御嶽《おんたけ》の、山の信仰に関係のあった中語に発するものであろうし、「中乗り」を音読すれば、チュウジョウとなる。さらに女性の宗教家には、チュウジョウに近い、「中寿」がいた。なお多くの諸例については省略する。

つまり、歴史上の人物として中将の官名をもって呼ばれたものは、その実人生において一歩漂泊に近い旅に出ると、そこにはチュウジョウを名告る多くの旅行者がおり、それが現実の中将の旅を、とかく伝承化してしまう。

業平の旅は、自身の現実の旅と、自身以外の旅とが習合《しゅうごう》していったわけで、業平に関係なしに、「すでに用意せられていた中将の旅」があったわけである。

*

四　女御藤原高子

『伊勢物語』が、業平、もしくは業平とおぼしき男の、恋愛事件の相手として伝えた「二条の后」も、もちろんれっきとした実在の人物であって、先にあげた系図における、藤原長良の女、高子といった人である。清和天皇の女御となり、陽成天皇の御生母である。

ところがこの方も、その実歴の上に、ある暗いかげりを伝えている。

貞観元年（八五九）　五節《ごせち》の舞姫となる。歳十八。

同　八年（八六六）　女御となる。

同　十年（八六八）　貞明《さだあきら》親王（後の陽成天皇）生誕。親王の立太子（翌十一年二月）によって、高子は「東宮《とうぐう》の御息所《みやすどころ》」あるいは「東宮の女御」と称せられた。

同十八年（八七六）　清和天皇譲位。歳二十七。陽成天皇即位。歳九。高子に中宮の宣下のあったのが、この年のこととも、また翌元慶元年のこととも伝える。

元慶六年（八八二）　皇太后となる。

寛平八年（八九六）　皇太后の后位を止められた。

延喜十年（九一〇）　崩御。歳六十九。后位を止められたままであった。

天慶六年（九四三）　寛平八年より、実に半世紀になろうとして、后位に復せられている。

こういう実歴である。

中宮宣下が、元慶元年（八七七）だとすると、先帝の女御に対する宣下であり、貞観十八年（八七六）としても、今上のぎりぎり、退位の年である。

また、皇太后の称号を贈られたのも、陽成天皇即位後七年目であって、先帝の中宮であり、今上の御生母である方にしては、宣下が遅いのではないか。こういうことのために、その理由として、業平とのことがあったからだとしている説もあるのだが、もちろんこれには確証はない。

しかし、寛平八年（八九六）に皇太后の位を止められたのは、東光寺の僧、善祐《ぜんゆう》との密通事件が原因だとされている。

日本の歴史における人物の履歴には、古代以来、ある一つの傾向、性質のできごとが、一人の人物に集中していく、という特徴がみられる。藤原高子については、男女関係の事実譚が形成されていく傾きがあったということが、まず考えられる。

『古今和歌集』、春歌上の四首目に、

二条の后の春の初めの御歌
雪のうちに春は来にけり。鶯の　こほれる涙　いまやとくらむ

というのがある。これは、高子が后の位を止められて、謹慎生活にあった時に作った歌であって、「鶯のこほれる涙」は自分のことの比喩だといわれている。

一体、『古今集』には、皇族の歌がほとんどないのが特徴であって、天皇のは、光孝《こうこう》天皇一首、ならのみかど一首、左注異伝のならのみかど一首であり、しかも「ならのみかど」は平城天皇とも文武《もんむ》天皇ともいう。ともかく合わせて三首であり、女性の方は、右の歌のほかには、業平の母としての伊登内親王の歌が一首あるだけである。一〇〇〇首中五首なのだから、極度に少いといえるであろう。しかも二条の后は、右のほかに三首、制作に関連して、詞書の中に、三回現れる。表現は小異があるが、

二条の后（の）、（まだ）東宮の御息所と聞え（申し）ける時（古今集　八・四四五・八七一）

と記されていて、すべて、「東宮の御息所」といわれていた時ということを、ことわっている。その名に見合う時は、貞観十一年（八六九）の立太子の時から、十八年の即位までの間のことだが、延喜五年（九〇五）の『古今集』の序の年月から考えてみると、『古今集』編集事業の継続の間は、いわば勅勘《ちょっかん》の身だったわけで、そういう立場にいる方の歌が、皇族五首の中の一首を占めたり、特に「東宮の御息所」といわれた時代とことわって、それが三首もあることは、なにか、この人の扱いに、特別な事情があったのではないかと考えさせる。

そして、隠れた理由を語りかけているようでいて、それがなにとも、今のわれわれには的確につかめなくなってしまっているこの方は、『伊勢物語』の、現在の書物のはじめの方に、しきりに登場していて、それは、一つのブロックを形成しているようになっている。そして、その一群が、業平の東下りの段の前に位置付けられている。つまり、『伊勢物語』は、その排列によって、業平の東下りの背後に、二条の后の介在したことを、におわせているのである。これを展望していってみよう。

＊

第一段　「昔、男……。」歌は「伝業平」というべきか。この男を業平とする積極的拠りどころはない。

第二段「昔、男ありけり。」歌は『古今集』で業平。しかし相手の女についての絵解きはない。本文で女を西の京にいたとする。

第三段「昔、男ありけり。」歌は誰のものともわからない。しかしこれには左注があって、「二条の后の、まだ帝にも仕うまつりたまはで、ただ人にておはしましける時のことなり」とある。『大和物語』では、すでに男を在中将とし、女を二条の后としている。

第四段「昔、東の五条に、大后の宮おはしましける西の対に、住む人ありけり。」この書き方だけが前後と異なって、歴史物語風になっている。歌は『古今集』で業平とし、この段には左注がない。

第五段「昔、男ありけり。」歌は『古今集』で業平とし、四段との続きでは、女を十分に二条の后と思わせる書き方をしているが、作者(編者)はさらにそれへ注を加えて、「二条の后に忍びてまゐりけるを、世の聞えありければ、兄人たちのまもらせたまひけるとぞ」とある。話の進み具合としては、第五段は第四段の前に位置すべきであろう。

第六段「昔、男ありけり。」歌はまったく出所不明である。伝業平作ということに、『伊勢物語』を通って、受け取られていったのであろう。この左注は、意をとって、前に記しておいたが、あらためて原文を示すことにしよう。

これは二条の后の、いとこの女御の御もとに、仕うまつるやうにてゐたまへりけるを、かたちのいとめでたくおはしければ、盗みて負ひていでたりけるを、御兄人堀河の大臣、太郎国経の大納言、まだ下﨟にて内へまゐりたまふに、いみじう泣く人あるを聞きつけて、とどめてとりかへしたまうてけり。それをかく鬼とはいふなりけり。まだいと若うて、后のただに在しける時とや。

さて、以上の『伊勢物語』の各段について、金田元彦氏は「西の京の女」という論文をものされて、「西の京の女」の、説話の類型について説かれた。

○『伊勢物語』「第二段―第六段」の女
　西の京―東五条―鬼の出現―死
○『源氏物語』「夕顔」の巻の夕顔の女
　西の京―東五条―鬼の出現―死

たしかに、符節を合わせるように、似ている。このことを金田氏は指摘して、二条の后の実人生以前に用意されていたはずの事実譚の存在に注意を向けておられる。

もし、編者が、第三段のあとに付けた左注式の文章を、第二段のあとに付けておいたなら

ば、『伊勢物語』は、

(1) プロローグ、男の初任官――第一段
(2) 二条の后と、業平とおぼしき男との恋愛譚――第二段〜第六段
(3) 東下り

といった、整然とした編集となり、「東下り」の各段も、その位置をぴたりと安定させることになる。

ところで、二条の后が、こういう形で出てくると、相手の男が、単に「男」とおぼめかして書かれていても、このあたりでは、在原業平とほとんど重なる人物とみられるであろう。また、「業平」としてみることによって、本文解釈にも、重要な示唆を与えられるところがある。

＊

第四段に出てくる男は、業平の歌でも有名な「月やあらぬ……」(古今集　恋五)の歌の作者だから、業平とみられると思うが、その男は、第四段の本文では、

本意にはあらで心ざし深かりける人

と記してあり、すなわち業平は、二条の后に対して「本意《ほい》ではない」恋をしかけたということになる。この文句の解釈がむつかしいために、なんとか理解しようとの意図から、異本が生れてきてもいるが、このまま正直に解釈すると、

大后の宮に対する恋情が本意だったが、それが遂げられないために、西の対に住む人に通ったのを、そういった。

と釈《と》ることもできる。しかし、歴史物語としてみると、順子《のぶこ(じゅんし)》（大后の宮）は高子（二条の后）より三十三歳も年長であって、順子・業平・高子の年齢関係からいって、右の解釈は少くとも穏当ではない。そこで、次の解釈が出てくる。

業平は、恋情をもともとからの目的としたわけではなくて、別の目的で、二条の后に懸想していった。

こうとると、それではその本意はなんであったかということになる。藤原氏が、またもその娘を宮廷に入れようとしている計画を、うちこわすために、后の候補者として予定してい

る人のもとへ、恋をしかけた、ということになる。やや、ドラマチックではあるが、アンチ藤原氏の勢力の側の選手に選び出されて、その氏の娘を、后になれないように、傷ものにしてしまおうという、いつわりの恋をしかけた、ということになる。そういう、たわむれなり、詐略なりで出発した恋だったのだが、やがてそれが真剣になっていったのだから、わが業平のために、救いがないわけではないが、しかしこの解釈は、ややことを好む解釈であるように思われる。ただそういう解釈が、ここの『伊勢物語』の本文に対してなされるという背景は、十分に考えられる。

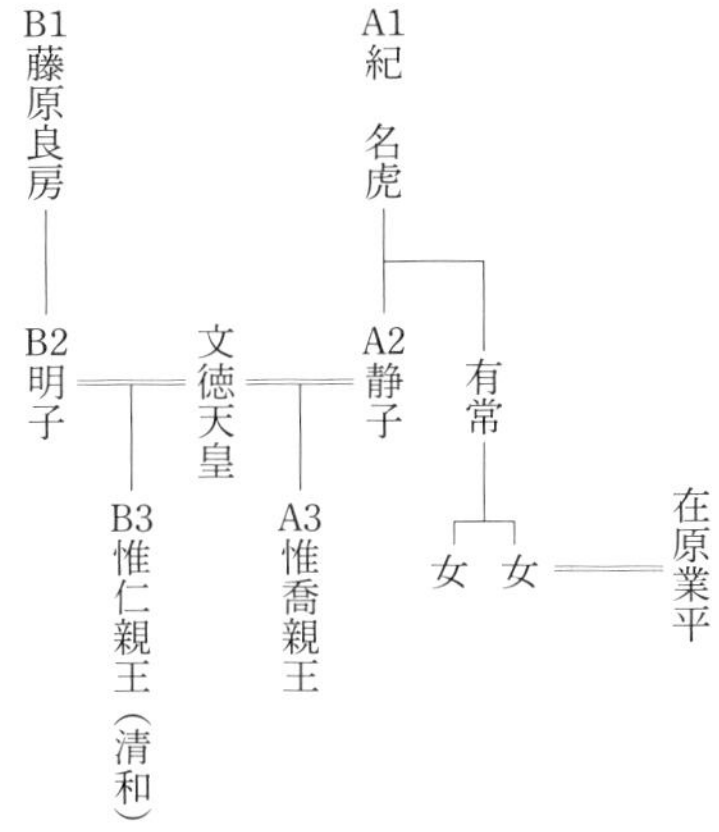

第三図　藤氏紀氏並びに業平関係系図

文徳天皇の即位に伴う、皇太子の決定の折には、紀氏と藤氏との間に烈しい争いがあって、この争いに、業平は紀氏の人として巻き込まれた、というのである。このことは、史実よりも、多分に伝説的に発展していってしまっているので、詳しくはここでは述べないでおく。

嘉祥三年（八五〇）、文徳天皇が御即位になった時、天皇には、すでに当時七歳であった第一皇子、惟喬《これたか》親王がおいでになり、天皇の

			在原業平	文徳天皇	高子	惟喬親王	清和天皇	陽成天皇
849	嘉祥２年	○従五位下	25		8			
850	同　３年	○文徳即位 清和生誕	26	24	9	7	1	
858	天安２年	○文徳→清和	34	32	17	15	9	
859	貞観１年	○高子五節舞姫	35		18		10	
862	同　４年	○従五位上	38		21		13	
866	同　８年	○高子女御			25		17	
868	同　10年	○陽成生誕			27		19	1
869	同　11年	○陽成立太子			28		20	2
872	同　14年	○惟喬出家	48			29	23	
876	同　18年	○清和→陽成	52				27	9
880	元慶４年	○業平卒去	56					
882	同　６年	○高子皇太后			41			15

第四図　業平とその周辺の人々の年齢表

御愛情も深く、当然、皇太子として立たれるものと、推測されていた。ところがそういう一般の予測に反して、皇太子には、天皇が御即位になって後、わずか五日目に生れた第四皇子、惟仁《これひと》親王が、兄皇子たちをさしおいて、坊にきまったのであった。

惟仁親王の御生母は、藤原良房の女、女御　明　子《あきらけいこ》であったところから、この決定は、良房の強引な横車をおした行為というようにみられ、一方、立坊のことのなかった惟喬親王の御生母は、紀名虎《きのなとら》の女、更衣静子《こういしずこ》であったところから、外戚としての、紀氏・藤氏の争いという「型」の中に、この立坊の背後関係が持ち込まれていった。そして、業平は、名虎の子の有常《ありつね》の女を、その妻としていた関係から、紀氏在氏連合の勢力と藤氏との衝突というように理解されていった。

立太子をめぐっての、惟喬・惟仁親王の背後の外戚の争いが、現実にあったとしても、その争いが根をひいて、「本意にはあら」ぬ懸想として、業平の、高子に対する求婚、さらには掠奪、ということが起ったとするのは、業平や高子の実歴の上にはなかなかうまくはまらない。従ってこれはおそらく、業平の多分あったと思われる旅を、貴種流離譚として整える、読者なり聴《き》き手なりの側における働きであったと思われる。

五　貴種流離譚

都の、貴種・貴人といわれる位置の人が、故あって都を出て、ひなの地方にくだって行く。そういう、悲しい辛い流離の旅を経験したものがあった、ということに、民俗学からの解明が加えられはじめたのは、大正年間のことであった。

日本文学の素材となっている人生に、そうした類型のあったことを説いたのは、折口信夫《おりくちしのぶ》であって、はじめはこの類型を、「貴人流離譚」と名付けた。大正七年（一九一八）のことであった。これと前後して、史学に対して民俗学を導入した柳田国男《やなぎたくにお》は、同じく、史実以前にある人生の類型として説き、「流され王」という論文を発表した。大正九年（一九二〇）のことであった。そして、折口信夫にあっては、大正十五年（一九二六）頃までには、これが「貴種流離譚」と称する名彙《めいい》として、その学の体系の中に、定着したのであった。

日本の旅人の旅は、その本人自身の体験が、体験それ自身として伝えられる時に、それに先行する類型としての、貴種流離譚の中に取り込まれていく。従って、本人の体験としてよりも、旅するものの、集団的な表現として、伝えられることが多かった。

しかもそれは、旅するもの自身の経験として、一人称をもって語られ、伝えられた。旅するものは貴種であり、それを迎える側からすれば、すなわち「まれびと」であった。

遠い、はるかに遠いところにある、秀れた、幸福と輝きとに満ちたところから、時あって、ひなの道の国々へ、神ともいうべき秀れた人が訪れてきた。その遠いはるかなところは、天上の高天《たかま》が原でもあり、月の世界でもあり、また、海上はるかな海坂のかなたの、とこよの国でもあった。同時にそれは、この地上における、やまとであり、みやこであった。

そういうところから、ひなへ、あづまへ、道の国々へ、何故か理由があって、貴種がくだって行った。そしてその理由は、多く、「犯し」であり、「あやまち」であった。従ってその旅は、その「犯し」に対する「つぐなひ」であり、「あやまち」に対する「贖罪《しょくざい》」であった。そして、地上における「あやまち」の多くは、「たわや女のまどひ」であった。すなわち、男女関係において、忌諱《きい》に触れる犯しがあって、その贖罪のために、流離の旅に出なければならなかったのである。

これが、たとえば「かぐや姫」の場合は、その流離は、旅をゆくことよりも、行った先での生活であって、それによって、つぐないが完了した。『源氏物語』の光源氏の場合も、道中の苦労よりも、行った先での、わびしい、しかも危険な生活が要求されていた。

それでは、わが業平はどうであったか。

業平の旅を、貴種流離譚の進行に並行させて考えると、旅を行って、しばらくどこに身を寄せるのか、「住むべき国求めに」とはいいながら、到着した先での生活は、さして際立ってはいない。そして、圧倒的に印象的なのは、その道中である。

ここで、はじめて使用しようと思う語であるが、業平の場合は、貴種流離譚の構成要素の中、「道行き」と称すべき部分が、もっとも人々の脳裏にとどめられた。それは、業平が歌人であったために、その一人称の発想という貴種流離譚の型においては、その途次における作歌が要件となり、それが、「歌枕」というべき、海道の歌名所を、決定していったからである。

「道行き」については語るべき多くのことがあるがここでは省略する。ただ、その中でいうべきことは、道行きの詞章であって、旅人が、その経過していく道中の、主な地名をあげながら進んで行くことから、道行きの詞章は発達していった。そしてその旅人自身が、旅の終了の場所において、いかなる運命が予定されているかによって、眺める道中の景状に、抒情が参加して、秀れた文学を生んできた。

業平の旅は、行く先が問題ではなかった。後にしていく都が問題であった。業平は、振り返り、振り返りしつつ、遠いあづまへ出かけて行ったのである。

『伊勢物語』の編者によって用意されたのは、

白玉か。何ぞ、と人の問ひし時、露　と答へて、消《け》なましものを

であった。

あれは白玉ですか、なんですかと、深窓に育った彼の女は露をそれとは知らずに聞いた。その時、あれは、草の葉に置く露というものです、と答えて、その露ではないが、いっそ死んでしまっていたら、今のこの苦しみは、味わわないでもよかったろうものを。

物語の進行にのせて、編者の意を迎えて解釈すれば、こんなことになるだろう。すなわち、業平の旅は、「露と答えて、その露のごとく、消えるべき身であったものを」という思いを抱きつつ、ひなのあづまにくだって行く、都びとの旅であった。

*

付記。

白玉か、の歌は、この「芥川」の段の中にはめ込めば、そうした解釈が可能であるが、もともと、おそらくは女の歌で、それも、五節の舞姫にいいかけた男の歌に対して、はぐらかした舞姫の、かけ合いの一半をなすものであろう。

主や誰。問へど白玉、言はなくに。さらばなべてやあはれ　と思はむ

白玉か。何ぞ、と人の問ひし時、露　と答えて、消《け》なましものを

前の歌は、『古今集』雑歌、源融の歌で、五節舞の行われた翌朝、舞姫のかんざしの玉の落ちているのを拾って、その持ち主を探し、その姫こそ自分のものだと、からかいかけたのである。『伊勢物語』の歌は、このままでは、かけ合いの歌として、ややずれているが、それは、物語における適切感を求めて、変っていったともいえよう。十分、こうしたやりとりが考えられるであろう。

そして、二条の后は、宮廷にはいって女御となる前に、五節の舞姫の一人に選ばれている人である。このあたりにも、なにか、かくれた糸がたぐれるかもしれない。

東下り

一　伊勢尾張のあはひ

在原業平は、東下りの旅に出た。
しかし、離別の宴もなく、逢坂《おうさか》の関を越える時の、関の神への挨拶もない。すでに、忽然として、伊勢《いせ》と尾張《おわり》との「あはひの海づら」を、歩いている。

昔、男ありけり。
京にありわびて、あづまにいきけるに、伊勢・尾張のあはひの海づらをゆくに、波の、いとしろくたつを見て、
　いとどしく、過ぎゆくかたの　恋ひしきに、うらやましくも　かへる波かな
となん、よめりける。

とある。「京」から、どの道を通って行ったのかは、まったくわからない。
「離別」というのは、『古今集』における歌の分類のための一名目であって、一、二の例外の歌はあるけれども、主として、旅立つものとの別れを、旅に出るものを送る側の「別れ」としてよんだ歌の分類の名目である。今でいうならば歓送の宴の、主催者側の立場のものの歌

である。別れに臨んでの、旅立つものの歌も「離別」の部類の中にないわけではないが、むしろその種類の歌は、『古今集』の編者は、まとめて「羇旅」という部類の中に収めている。「羇旅」の歌は、『古今集』では、旅にあるものの歌である。

ついでながら、「別れ」という点からいえば、離別が「生別」であるのに対して、「死別」は「哀傷」という部類にまとめられていて、そのへんのところは、『古今集』の編者の分類は、なかなか、整然としているのである。

離別↔羇旅　旅行の歌　送者と旅人と
離別↔哀傷　別れの歌　生別と死別と

ところが、業平の東下りにおいては、その旅の出発にあたっての、離別の歌が一つも伝わっていないのである。「業平朝臣の、あづまへまかりけるに」といった詞書の歌の一つや二つはあってもよかりそうなものなのに、それがないところをみると、その点にも、業平の東下りが、正々堂々たる、面立たしい旅ではなかったらしい、という推測が、自由に拡がってくる余地があるわけであって、ともかく業平は、すでにいきなり、伊勢湾のほとりの道を歩いているのである。

伊勢と尾張との「あはひの海づら」というと、後代の知識からは、東海道の「宮七里の渡し」のようなことを思い浮べがちだが、「海づら」は海上のことではなく、海沿い、海のほとり、のことだから、ここは業平は舟に乗っているのではなくて、海に沿っている海道を、歩いているわけである。（カイドウは語原的には海道が正しい。街道とあてるのは後の合理解である。）

昔の人の考えでは、国と国との境界には、山にしても川にしても、どちらの国にも所属していない、緩衝地帯みたいな地域があった。場所によって、境を守る神が、ちょっと間をおいて、二か所に立っていたりして、その趣をよく示している。「あはひ」というのは、境界にある、そういう地域・地帯をいうのであって、おそらくここでいっている「伊勢・尾張のあはひ」は、木曽川などの大河が、洋々と伊勢湾に流れ込んでいるところなどであろう。

ところで、この業平の歌は、勅撰集では『後撰和歌集』に採録されているが、それには詞書は次のように記されている（作者名はもちろん業平である）。

あづまへまかりけるに、過ぎぬる方、恋ひしく覚えけるほどに、河を渡りけるに、波の立ちけるを見て（歌は同じ）。

これでは、東下りの道中ではあるが、その「河」は、どこの河なのか、――木曽川なのか、墨田川なのかさえも、一向にわからない。ただ、『伊勢物語』と『後撰集』と、持ち合いにすれば、伊勢と尾張との国ざかいの、大きい河の河口付近、といったことが、思い浮べられる。

昔の人の地理的な感覚というのは、今のわれわれのように、地図によって、地勢がぴたりと頭の中に描かれているわけではない。東海道には、伊勢の次に尾張、尾張の次に三河《みかわ》と、順々に、東へ東へと、国がつらなっているだけである。そしてこの「あはひ」の地帯を過ぎれば、伊勢はもううしろになって、尾張が拡がって続いているのである。そこへの入口として、大河があることは、印象的であったろう。業平の旅は、首尾照応して、あとでまた、武蔵と下総《しもうさ》との「あはひ」の場所で、墨田川を渡って、さらに奥へ進んで行くのである。ところで歌は、あつらえ向きに、都を振り返りがちの業平の心境を示している。

道を進んで行けば行くほど、都は遠くなっていく。その都への道が、恋しくてならないのに、波までが打ち寄せては返り返りして、都に帰りたい思いをつのらせる。「かえる」波は羨しいという思いが、いっそうひどくしてくることだ。

どうにも、うまい訳ではないが、「いとどしく」などという副詞は、どの語にかかるのか、——いとどしく過ぎゆく、いとどしく恋ひしきに、いとどしくうらやまし、いとどしくかへる——おそらく、作者に聞いても、はっきりとはいえまい。われわれの現在のことばでも、自由にしゃべっていると、「とっても」などということばは、まっ先にとび出してくるから、会話の現時点では気分的にはわかっても、おそらく書きとめたら、文法家的に、この副詞はどの叙述語を修飾限定するか、などということはわからないであろう。この「いとどしく」もそれで、いわば、歌の冒頭にとび出して、気分としては全体に働きかけているのである。「たださえ……なのに、いっそうひどく……だ」ということである。

それに厄介なのは「かへる」であって、波については二つある。寄せてきた波がひいてもとへかえることと、波自身が揺れ動き、ひるがえっていることと、である。ひるがえるならば、海の波にも河波にもいえるだろう。要するに、「かへる」という状態から、「帰る」という語を連想して、自分の、都へ帰りたい思いをそそられているのである。ことばの連想だけの、別に深刻な、望郷の思いでもなければ、夢にも忘れぬ帰洛の思いというほどに強いものでもなく、かるく受け取った方がよさそうだ。

ところで、今まで、やや無反省に、曖昧に、「東下り」ということばを使用してきたが、一体「東下り」とは、

○「あづま」というところへ向って行く道行き、のことをいうのか。

○「あづま」というところをば、都からひなの方向に向って通過していく道行き、のことをいうのか。

どうも「東下り」とは、右の二つの考え方の間を、揺れ動いているような傾向がある。つ

まり簡単にいって、「伊勢・尾張のあはひの海づら」は、あづまへの道なのか、すでにあづまなのか、ということだ。

くだりについては、特に説明は必要とはしないだろう。貴種の流離は必ず「くだり」であって、「いいもの」「秀れたもの」は、必ずくだって来るのであり、くだって来るものは、いいものであり、秀れたものであることは、なにも人間にのみは限らない。くだり油、くだり醬油、くだり酒、みな上等な品種である。反対に、のぼる方があまりよくない品なのは「おのぼりさん」でもわかるが、さらにある種の食品にいう「あがり」にしても、それは、二級品以下である。だめだということ、問題にならないということをいう「くだらない」という語も、おそらくこれとひと続きの用例であろう。

だから「東下り」という成語の中に、貴種の道行きであることは示されているわけである。あづまという語自身も、その語の指す地域や領域には、広狭さまざまがあって、しかもそれが、時代の推移に従って、きちんと、次第に狭く、局限されていく、というわけでもない。伝承の時代としてははるかに古い、日本武尊《やまとたけるのみこと》の、碓氷《うすい》峠における発声「吾妻《あづま》、はや」に由来するという、地名起原説話でのあづまの地域は、むしろ「あづまの中のあづま」であって、地域としてはぐっと狭くなっている。あづまの場合は、

まくまのの熊野（熊野の中の熊野）

みよしのの吉野（吉野の中の吉野）

といったいい方がないのだが、それはかえってあづまの地域が、長い年月にわたって、伸縮したことを示しているのかもしれない。

『万葉集』の東歌（巻十四）から逆に、その頃のあづまを摘出すると、

相模　武蔵　上総《かずさ》　下総　常陸《ひたち》　上野《こうずけ》　下野《しもつけ》　安房《あわ》

の、いわゆる後の関八州《かんはっしゅう》の国々のほかに、北に「陸奥」を加え、さらに、箱根足柄《はこねあしがら》を西に進み、碓氷《うすい》を西に越えて、

信濃《しなの》　伊豆《いず》　駿河《するが》　遠江《とおとうみ》

の諸国までも、この中に加えている。それが奈良朝時代のあづまだったとすると、平安朝のあづまは、もっと広くなって、『万葉集』の東歌の陸奥が、せいぜい今の福島県ぐらいなのが、『古今集』の東歌では、地名のわかっているところでも、宮城県から山形県にまで、広がっている。そして西の方は、甲斐《かい》も、さらに伊勢も、あづまの中にはいっている。

伊勢うた　――古今集　巻二十東歌

をふの浦に、片枝さし覆ひ　なる梨の、なりもならずも　寝て語らはむ

古今集時代には、伊勢もあづまにはいる国だったのである。もっともこうなると、平安朝の人々にとっては、あづまの国々と、悠紀《ゆき》の国々とが、重なってくるかもしれない。

大嘗祭《だいじょうさい》の折に、卜定《ぼくじょう》された、悠紀・主基《すき》の国々は、宮廷直轄の地ともいうべき京畿（みかど）の国々を除いて、それ以外の「道の国々」を、京畿を真中にして、東と西とに分け、東の国々の中から悠紀の国を、西の国々の中から主基の国を、選び定めた。悠紀・主基という名称の起りはわからないが、漢字表記にこだわらなければ、「ゆき」は、大和宮廷がこれからゆき進む国々であり、「すき」はすでにすぎ来し国々である。こういう、俗解は意外に的を射ているかもしれない。

ゆきの国を考えれば、近江《おうみ》も、美濃《みの》も、伊勢も、すべて、悠紀の国の候補である国であって、それは、いわゆる王化に浴さないあづまの国々へ、はるかに続いていく国々であった。

平安朝にはいってからは、平城・文徳・光孝の三代が、悠紀の国が伊勢であって、光孝の折の歌は、『古今集』巻二十に記録されている。

君がよは限りもあらじ。長浜の真砂の数は　よみつくすとも
これは仁和の御べのいせのくにの歌

こういう記述から、もう一度、業平の東下りが、「伊勢・尾張のあはひの海づら」という場所からはじまっていることを、振り返ってみたい。つまり、そこは、遠い、あづまの国への道ではなく、すでに、都びとにとっては、あづまであったわけである。われわれの業平は、すでにもう、あづまの道を歩いているのである。

二　浅間の山

ところが、尾張に進み入った業平が、次には突然、信濃の国に現れる。一体、これはどうしたことだろうか。

昔、男ありけり。
京や住み憂かりけん、あづまのかたにゆきて、住み処求むとて、ともとする人一人二人してゆきけり。

信濃の国浅間の嶽に煙の立つを見て、

信濃なる浅間の嶽に立つ煙。をちこち　人の見やは　とがめぬ

どう解釈してみようとしても、信濃であり、浅間山《あさまやま》である。これを一人の男の旅行として、地理的な、つじつまを合わそうとすれば、尾張から、中仙道の道をとった、としか説明できない。あるいは、この歌が業平のものだときめて、詞書の部分に目をつぶれば、あづまの流離の後に、帰り道に碓氷を越えて、信濃を通過したのだと、いえないこともないだろう。しかしそれもちょっと無理なようである。

ところでここで、有力な異本の本文をあげてみたい。普通の本では、この段と次の段と、第八、第九の二段になっている話が、ひと続きになっている本がある。そして、歌についても、有効な異説を立てている。煩をいとわずに、あげてみよう。塗籠本《ぬりごめぼん》という本の本文である。

昔、男ありけり。

その男、身をようなきものに思ひなして、京にはをらじ、あづまの方に住むべきところ求めにとていきけり。

信濃の国浅間の嶽に煙たつをみて、

信濃なる浅間の嶽に立つ煙。をちかた人の、見やはとがめぬ
もとより、ともとする人一人二人して、もろともにゆきけり。道知れる人もなくて、まどひゆきけり。

こうして、このまま、三河《みかわ》の国八橋《やつはし》に、記事が進んでいくのである。

これでは「帰り路」どころではなく、尾張から信濃へ行き、また三河の国へやって来ている。いかに「まどひありき」にしても、どうにもならない。「道知れる人もなくて」といってもひどすぎる。道を知らないのは、こうした本文を書いている『伊勢物語』の筆者自身だということになろう。

それでは、この歌はどう解すべきか。前の本の歌でみると、この歌は、浅間山の煙をよんだような歌だ。「あっち、こっちの人が、目にとめないことがあろうか。みんなこの山の煙には、目をとめないはずはあるまい。」ということになる。とすると、浅間山の噴き出す煙の宣伝歌のようである。しかしそれでは、この物語の中には落ち着かない。「男」がどこかへ行ってしまうのである。

こういう歌には解釈法というものがいつの間にかきまっていて、「信濃なる浅間の嶽に立つ煙」という、国名・地名を持った、れっきとした実在の地物が、現前のものとして、まず呈出される。するとそこで抒情に転換するわけだ。つまり、この歌では上の句が序歌であって、

浅間山の煙は、どこからみてもよく目につくが、それではないが（と、転換して）、あっちこっちの人が、目にとめないはずはない、ということになる。これが、解釈法に忠実な訳であるが、しかしそれでは一体なにを目にとめないはずはない、というのか。もちろん、自分である。けれども、あっちこっちの人が、自分に目をつけないはずはない、というのも、どうも変である。

そこで、あらためて浮びあがってくるのが、塗籠本の「をちかた人」である。

をちこち　人の見やは　とがめぬ
をちかた人の、見やはとがめぬ

ちょいとの違いが、大きな違いである。

一体、をちこちという語は、近代までも、成語としては好まれている語で、――夏目漱石《なつめそうせき》の『吾輩は猫である』に出てくる人物にまで、越智東風君がいる。ヲチ・トウフウ、もちろん、ヲチ・コチのしゃれである。しかし意味は必ずしも、古語のまま、正確に使われてきているとはいえない。

足柄の　をてもこのもにさすわなの　かなるましづみ、子ろ我《あれ》紐とく

筑波嶺の　をてもこのもに守部すゑ、母いもれども、魂《たま》ぞ合ひにける

二首、『万葉集』の東歌である。先師折口信夫の訳にいう。

○をてもこのも　をては地方発音で、をちのことである。彼方此方《をちもこのも》、すなわちこのもかのもである。をちは、通常遠方の字を当てるが、彼方と言ふことだ。山の向う側こちら側の意。

つまり、山でいえば、自分の目にみえるこちら側と、みえない向う側と、はっきり対照的ないい方であることが、右の東歌でわかる。従って、をちは、自分との間になにかがあってへだてていて、直接にはみえない向う側である。

けれども、こういう正確な使い方は、時代が移るにつれて、をちは彼方《あちら》ということから遠方というように解釈されてくるようになり、古い正確な使い方のをちこち、をてもこのもは、『古今集』の東歌になると、このもかのもというようになり、

筑波嶺の　このもかのもに　かげはあれど、君が御影にますかげはなし

という用例があるが、遠方というように意味が移ってきたをちには、「をちかた人」という用例が出てきた。みえない向う、ということが変って、みえるみえないということよりも、遠い近いということになって、遠い向うの方にいる人、ということになってきた。そして、そういう用例の「をちかた人」は、単に物理的な距離だけをいうのではなく、「遠くにいる恋人」「遠いわが郷にいる愛人」といった意味になってくる。

うちわたす　をち方人に、もの申す我
そのそこに　白く咲けるは　何の花ぞも

＊

春されば野辺にまず咲く。見れどあかぬ花
まひなしにただ名告るべき　花の名なれや

こういう、読み人知らずの、旋頭歌《せどうか》の問答が、『古今集』にある。

これは、『源氏物語』の「夕顔」の巻に引用されて、それで有名になったが、もうこのへんになると、特にこの歌の受け容れ方になると、「そこにいる人」ぐらいの、距離もかなり近くなってきている使い方である。

さて、『伊勢物語』の歌だが、「をちかた人の、見やはとがめぬ」ということになると、「むこうにいる愛人が、おれのことに、目をとめてくれないかしらん」というくらいのことで、こうなるとまた、類型の多い、一連の作品が考えられる。間をへだてている恋人同士の、訴えであり、それは多分に型通りだから、創作というよりも、民謡といった傾向が強くなってくる。おそらく、そうした類型のもとには、柿本人麻呂などの、

石見のや　高角山の木の間より、わが振る袖を　妹見つらむか

などいう歌があったに違いないが、別れ別れの場所にいる相愛の男女、あるいは、女のもとを去っていく男、見送っている女、といった境遇では、繰り返し、繰り返し、こういう同類のものが作られ、歌われしたのであろうと思われる。

日の暮れに　碓氷の山を越ゆる日は、夫《せ》なのが袖も、さやに振らしつ

碓氷の峠が出てくると、話はちょうど、うまく『伊勢物語』に戻ってきたようである。つまり、信濃なるの歌は、業平の東下りの旅日記からは、どうしても放してしまわなければならない。それは、浅間山のよくみえる、その周辺の地方での民謡なのだ。民謡だから、空想の民謡の女が、自分に思いを寄せていて、遠くの方から、自分に目をとめていてくれる、

ということを想像して楽しんでいるのである。

信濃なる浅間の嶽に立つ煙。をちかた人の、見やはとがめぬ

これがだんだん誇張されてくると、間にあって、愛人のいるところを隠してしまう地物に恨みが集中してくる。

山が高くて山中見えぬ。山中恋ひしや。山憎や。――山中節
山が高くて新庄が見えぬ。新庄恋ひしや。山憎や。――新庄節

そして、北国海道で目につく浅間山の煙は煙で、地方の風物詩の素材として、海道筋で歌われる。

小諸出て見りゃ　浅間の山に、今日も　煙が三筋立つ　――小諸節

いつか、浅間山の煙は、三筋ということになった。どういうわけか知らぬ。しかし、民謡の山としての浅間山の、噴き出す煙は、三筋立つことにきまっていったのである。「沓掛時次《くつかけときじ》

郎《ろう》」といった、昭和の時代にできた歌謡曲でも、浅間山の煙は三筋である。

浅間　三筋の煙の下で、男沓掛時次郎

大衆の、文芸に託す詩は、長い年月を超越して、その詩材というものに、「変らざるもの」を求めているわけだ。

三　八橋

信濃の国も、悠紀の国の候補となることのできる国であり、もとより、あづまの中の一国だとすれば、浅間山がよみ込まれている歌が、『伊勢物語』の編者によって、業平の東下りのひとこまに、取り入れられてきてもふしぎはない。

しかし、なんといってもその東下りの本格のものは、『伊勢物語』の第九段であろう。これあるがために、業平の東下りが、歴史的な存在を示しているのだが、そうかといって、この段にしても、そう全面的に、信用してかかれるものでもない。つまり、『古今集』に採録された、三河の八橋における杜若《かきつばた》の歌と、武蔵の墨田川のほとりにおける都鳥の歌と、その歌は業平作として一応信用してかかっても、中に置かれた、駿河の宇津の山の歌と、富士山の歌とは、信用の度合いがずっとさがってしまうし、また、例の塗籠本では、都鳥の歌から、さらに先へと進んで行っての歌がある。しかし、まとまったところでは、地理錯誤もなく、西から東へと、しかるべきところの話が、歌を中心に、順序よく並んでいる。

昔、男ありけり。

その男、身をえうなきものに思ひなして、京にはあらじ、あづまのかたに住むべき国求めにとて行きけり。もとより、ともとする人、一人二人していきけり。道知れる人もいなくて、まどひいきけり。

これが、あらためて――第七段・第八段に対して――書き起された、東下りの「発端」である。

業平（とおぼしきこの男）は、「身をえうなきもの」と、自分で自分をそう思いこなした、というのであるが、「えうなきもの」は、前にあげた第八段の塗籠本は「ようなきもの」と書いていた。

日本の古典の仮名遣いははなはだめちゃめちゃで、現代の、旧仮名遣い論者のような「学問」には、藤原定家といえども遠く及ばない。現代は学の水準が高くなって、一介の文筆業者といっても、なかなか国語学や国語史には堪能であるようだ。もっとも、やまとことばの仮名遣いにはやかましい人でも、漢字音の仮名表記となると、辟易《へきえき》して、あまりやかましくはいわないようだ。

それはともかく、このえう・ようにしても、漢字音の仮名表記らしいので、やまとことばの仮名表記さえあやしい、業平にとっては、えうと書いてあっても、それはようなのか、またはやうなのか、まったく信用がならないのである。

ヨウの音には、三種の字音があって、それぞれ意味に違いがある。

ヨウ→えう―要　身を要なきものに……
→よう―用　身を用なきものに……
→やう―益　身を益なきものに……
○役もまたやうである。

同じ「ヨウなきもの」でも、えう・よう・やうと、少くとも三通りの漢字に当てて、訳してみなければならない。

この業平の旅は、「ともとする人一人二人して」という文句が必ずはいってきている。前の「信濃なる」の歌の場合にもそう書いてあり、またここにもあり、一方、『古今集』の詞書にもある。

ともとする人一人二人いざなひていきけり——古今集　詞書
ともとする人一人二人してゆきけり——第八段
もとよりともとする人一人二人していきけり——第九段
もとよりともとする人一人二人してもろともにゆきけり——塗籠本　第八・九段

こんな具合に書き出してみると、「一人旅」ではなかったということに、ばかにこだわっている、ということに気が付くであろう。

ともは、友かお伴の人か、「ともとする人」とあるだけでははっきりきめられないが、『古今集』だと、「身をえうなきものに」思って、といった理由書きがないので、それに「いざなひて」とあるので、二、三人の仲間が連れ立って、地方見物にでも出かけたような感じに受けとられる。お伴の人の場合ならば、同じ『古今集』の詞書でも「ともにありける人々」とか「ともに侍りて」などと書いている（どちらも羈旅歌の中）例があるので、それならばお伴の人ということがよくわかるし、そういう書き方が別にちゃんとあるのだから、ここは、友とみていいだろう。ただ問題は、従五位に任官している平安朝の宮廷の官吏が、そう身軽に個人的理由で、都のそとには出られないことになっていた。まして、仲間をかたらって、「出かけてみようか」などと行かれるわけのものではなかったのである。だから、妙に、こだわりを持っているような、こういう書き方の背後に、なにか、かくれてしまった事情が業平の東下りにはあったのであろう。
おかしいといえば次の、

道知れる人もなくて、まどひいきけり。

である。文学的誇張といってしまえばそれまでだが、なんといっても、日本の幹道であり、れっきとした官道であって、迷うもなにもないのである。ただ、読者の方では、「二、三人の仲間で出かけて行ったのだが、誰も皆、はじめての経験なので、不安な、心細い思いがしていた」というくらいに感じていたのであろう。
さてこうして、一行は、三河の国の八橋というところについた。

三河の国八橋といふ処に到りぬ。
そこを八橋と言ひけるは、水行く川の蜘蛛手なれば、橋を八つ渡せるによりてなん、八橋といひける。

業平の旅は、たしかにすでに日本人の旅であって日本の「神」の旅ではない。貴種の流離もすでにこの世の「人」の旅である。だから、業平が行く前から、そこはすでに「八橋」と呼ばれていたところであって、業平が通過して行ったからといって、八橋という地名は厳として八橋である。

これがもう一段古い時代だと、貴種はその流離の記念に、地名をとどめていくのである。同じ道行きでも、神、もしくはそれに近い性質のものは、道に地名という記念をとどめながら、道を行くのである。

たとえば、丹後《たんご》の国に伝えられた、『竹取物語』のかぐや姫に似て、ひどく気の毒な一人の天つ乙女の場合だと、見付けられて、やむなくこの国の人の娘となったのだが、これがじゃけんな老人夫婦に追い出されて、いのちがけの流離の旅に出る。

○その乙女のおかげで「土形《ひじかた》富みき」。それでその地を「土形の里」といい、後に「比治の里」というようになった。

○乙女は老人夫婦の心を怒って「わが心、荒塩に異なることなし」といった。そこが「荒塩の村」である。

○それから、槻の木に身を寄せて「泣きき」。それでそこを「哭木《なきき》の村」という。

○そうして、「ここに来て、わが心、なぐしくなりぬ」といったので、そこに祀られた。これが「奈具の社」である。

くのである。

こういう具合である。神性なる資格を持つものの道行きは、こうして、地名をのこしていくのである。

ところで業平はなにをのこしたか。

現在、かきつばたの名所となっている、この八橋のあとどころ、「八橋山無量寿寺《むりょうじゅじ》」には、業平お手植えのかきつばたがある。ストレンジャーの業平では、お手植えもかなうまいというさかしらが、さらに、業平がこの地に滞在したという伝えまでも遺《のこ》すことになった。——こういう、伝説的物的証拠というものはだんだんにあって、たとえば、三保《みほ》の松原には、天人の羽衣《はごろも》を寺宝と伝える寺があり（あれは着て飛んで行ってしまったはずなのだが）、さらに「頼朝《よりとも》公、九歳の折のしゃれこうべ」などという、しゃれたしろものも、世に遺ることになる。

ところで、「水行く川の蜘蛛手なれば」は、せいいっぱいの叙景であろう。上田秋成《うえだあきなり》の『伊勢物語・よしやあしや』には、図入りの説明がある。沼沢地の水が、蜘蛛の手のように四方八方に流れ分れている、という光景である。しかしあるいは「八橋の蜘蛛手」は、『伊勢物語』や業平以前から、すでに歌枕であったかもしれぬ。

恋ひせむとなれる　三河の八橋の　蜘蛛手に思ふことは　絶えせじ

という歌が、『古今和歌六帖』にある。『古今六帖』の成立については簡単にいえないから、にわかに、先後を論ずるわけにはいかないのだが。
さて、いよいよ「かきつばた」である。

その沢のほとりの木の蔭におりゐて、乾飯食《かれいひ》ひけり。その沢にかきつばたいとおもしろく咲きたり。それをみて、ある人のいはく、かきつはたといふ五文字を句の上に据ゑて、旅の心をよめ。と言ひければよめる。

からごろも　きつつなれにし　つましあれば、はるばる来ぬる　たびをしぞ思ふ

とよめりければ、みな人、乾飯の上に落涙して、ほとびにけり。

この「唐衣」の歌は、かきつばたの五文字が各句の頭にはいっている、などと思わなければ、なかなかいい歌なのである。「はるばる来ぬる旅をしぞ思ふ」と、直截《ちょくせつ》簡単にいい切っているところは、なかなかいいのであって、居合わせた人々の同感の涙を誘ったというのも、もっともだと思うのである。

しかし、ひょっと反省して、この歌には、かきつばたの五文字が、各句の第一音に、分割してこめてあると思うと、そう素直に感動できなくなり、さらに、縁語・かけ詞《ことば》の、病的な技巧に思い到ると、さらに感興を削がれてしまう。そういう技巧に感心しないわれわ

れの方が、日本文学の読者としてはいけないのかもしれないが。

(1)唐衣（枕詞）→着つつ
(2)唐衣着つつ（序歌）→なれにし
(1)よりも、(2)の方が穏当な解である。
(3)なれにし。馴れる・熟れる・褻れる
(4)なれにしつま。妻・褄←唐衣
(5)はるばる。唐衣→はる
(6)きぬる。着ぬる・来ぬる

わたしの先師折口信夫は、ここの講釈の折に、こうひっかかってくると、次の「たび」まで
が、旅と足袋と、かけてあるようにさえ思われるが、と冗談をいった。

そういいたくなるほどの、病的な技巧、むしろ、だじゃれがすぎるというべきだろう。さすがの契沖《けいちゅう》もあまり同情できなかったとみえて、「……みな、衣の縁のことにて、常の歌ならば、あまりなるべし」（『勢語憶断』）といっている。しかし続けて「これは折句によめば苦しからず」と、苦しい弁護をしている。

折句《おりく》というのは、歌学ではやかましい歌の技巧であって、和歌六体の一つなどといってなかなからるさい。はじめは知らず、平安朝では、遊戯的になっていて、「あめつち」だとか「いろは」だとかを歌の第一音に置いたり、末尾に置いたり、そういう技巧競争などもやっている。伝説的に有名なのは、例の小野小町で、琴を人に借りにやった時に「琴たまへ」という五文字を句の上にすえて贈ったら、先方もさるもの「琴はなし」とことわってきたという、折句歌の問答がある。

　ことのはもときはなるをと、たのまなん。まつは見よかし。へては散るやと

　ことのははとこなつかしみ、はな折ると、なべての人に　しらすなよ。ゆめ

和歌というものには、信仰的な、霊的な働きがあるから、もとは、大事な神秘的なことばを分割して、わからないようにこめておく、ということだったのだろう。これが、後の連歌などの「賦《ふ》し物」にも続いていくものだろう。ともかく、旅の途次、木蔭でわびしい食事をした折のこととしては、少し風流がすぎるようである。

ところで、この段の話の運びは、はじめに、わざわざ「乾飯食ひけり」といっておいて、そして歌をはさんで、さて「みな人、乾飯の上に落涙して、ほとびにけり」と結んでいる。ちゃんと前に伏線として、手がうってある。

乾飯は、いわば携帯口糧であって、たいたご飯を乾してからからにしたものだ。今のほし

ひ（ほしいひ）である。これはたべる時に湯をかけたり漬けたりしてたべるわけで、水分を含んでやわらかになるのを「ほとぶ」という。

それが、人々が涙を落したので、その涙で乾飯がほとびたというのだから、涙の量もたいしたものだし、だいいち、旅先の路傍の食事で、顔もよごれていたろうから、頬を伝わった涙は、さぞかし汚れてもいたであろう。ずいぶんきたないご飯である。

どうもこの段あたりは、ほんとうの話なのかどうか、――つまり、旅の実話なのかどうか、だいぶくさいのである。あるいは、『古今集』に伝えるような、業平作のものがあったとしても、『伊勢物語』への導入において、編者は読者の哄笑を誘っているのではないか。

流離の旅に出る貴種は、たわや女のまどいで、土地を離れるような色好みの男なのだが、色好みの男は、条件的に、滑稽な、尾籠《おこ》な言動をして、人々の哄笑を受けるのである。そういう約束が、このへんには、背後に揺曳しているかもしれない。

＊

八橋は、業平のおかげで、海道筋の名所になっていく。これ以後、ここを通過する人々は、問題にせざるを得ない場所になっていくわけであるが、そうした「文芸によって生じた名所」については、もう少し先へ行ってから触れることにしたい。

なお、八橋は、今、愛知県知立《ちりゅう》町（注 現知立市）の東にある。名鉄には三河八橋駅がある。

四　宇津の山

『伊勢物語』に書き記された東下りの文中の諸所は、以後、東海道の「業平名所」として、後世の文芸類を陰に陽に支配していくのであるが、それらを大観すると、八橋よりも、宇津の山の方が、いっそう知れ渡っていたようである。

東海道の道行きの詞章の、道行きの詞章というよりは名所尽しの詞章といった方がいっそう適切だと思われる、例の「鉄道唱歌」（明治三十三年五月）にも、

駿州一の大都会
静岡出でて阿部川を
わたればここぞ宇津の谷の
山きりぬきし洞《ほら》の道

と、宇津の山は後の呼称、宇津の谷峠の名をもって、かろうじて出てくるが、八橋の方は唱われていない。

もっとも、トンネルを「ほらのみち」とは、いかにも明治式翻訳和文調でおかしいが、と

もかく「ここぞ宇津の谷」と、みなさん先刻御承知のと、ばかに力をこめている。

これは、明治時代の人々にとっては、『伊勢物語』直接の知識というよりは、間に歌舞伎芝居があって、古い知識を中継して、印象を新しく呼びさましていたかもしれない。

すなわち、幕末、安政三年（一八五六）初演の『蔦紅葉宇都谷峠《つたもみじうつのやとうげ》』で、河竹黙阿弥《かわたけもくあみ》の書下ろしの時は四代目市川《いちかわ》小團次《こだんじ》主演であったが、明治にはいってからは、五代目尾上菊五郎《おのえきくごろう》にひき継がれて、しばしば上演されていたから、「宇津の谷峠」の名は、それによって、いっそう、耳に親しいものとなっていたと思われる。仔細にこの黙阿弥作品をみていくと、黙阿弥らしい、古典の知識の俳諧化がみられるが、それはここでは触れないでおく。

「鉄道唱歌」のようなものも、新時代の道行き詞章として、わたしは類別している。その道行きの、一つの典型的なものといわれる、例の、「落花の雪に蹈《ふ》み迷ふ……」の、俊基《としもと》朝臣の海道下りでも、八橋は語らずに通りすぎてしまう。そして、宇津の山では、

嶋田、藤枝にかかりて、
岡辺の真葛うら枯れて、
もの悲しき夕暮れに、
宇都の山辺を越え行けば、
蔦楓いと茂りて道もなし。

昔、業平の中将の住み所を求むとて、東の方に下るとて、
「夢にも人に逢はぬなりけり」とよみたりしも、
かくやと思ひ知られたり。

と、相当に筆を費している。この『太平記』の道行きが、明らかに先行文芸として扱ってい
る、『平家物語』の重衡《しげひら》の中将の海道下りでは、ちゃんと両方にじんぎを立てて、

いかに鳴海の塩干潟、涙に袖は萎れつつ、
彼の在原のなにがしの、唐衣きつつなれにしとながめけん、
三河の国八橋にもなりぬれば、
蜘蛛手にものをと、あはれなり。
……………………
宇都の山辺の蔦の道、
心細くも打ち越えて、

と、唱い語っている。『平家物語』では、宇津の山はひどく簡単となり、後の『太平記』は、
同じ道行きの詞章であるところから、十分に『平家物語』を意識して、宇津の山に厚く、そ

の語りの筆を費したものと思われる。

八橋の場合、「蜘蛛手にものを」というのが、『伊勢物語』本文のエッセンスとなっていて、きまり文句として引用されているが、それでは、宇津の山の場合はどうだったか。

いそがしや。足袋売りに逢ふ宇津の山

江戸の宝井其角《たからいきかく》が、歳暮押し詰まって、西に向って東海道をのぼろうとしている友人を送り、その餞《はなむけ》に作った句である。

足袋は、その工夫について、さまざまな伝説があるが、江戸の初期には、江戸では、製造販売されておらず、木綿の生産が増加するにつれて、製品は次第に普及してきたが、それでも製造はもっぱら関西であって、それが、人力によって、江戸に運ばれた。その「足袋売り」の東下りの群れは、東海道の季節の景物であった。だからその時季に西に向えば、どこでも、その姿をみかけ、箱根八里の山中でも、越すに越されぬ大井川でも、どこでも逢ったはずであった。それをなぜ其角は、特にその場所を選んで宇津の山としたか。「動く・動かざる」の弁のやかましい俳諧で、読者が、宇津の山という其角の選択に、適切さを感じて納得したのはなぜか。

それは、文芸の上の約束ごととして、宇津の山は、「人に逢うところ」であったからである。もう一つ、其角と同じ俳諧師の出である井原西鶴《いはらさいかく》の場合をあげてみよう。

露に時雨に、両袖を濡れの開山。高尾が女郎盛りを見んと、紅葉重ねの旅衣。八人肩の大乗物。五人の太鼓持ち、ばっとしたる出立《でたち》に、陰陽の神ものり移り給ひて、世にある程の訳知り男。夜やり、日やりに行けば、宇津の山辺に登りつめ、島原への伝手《つて》がなと思ふところに、三条通りの亀屋の清六、乗りかけより下《を》りもあへず、「唐土は変らず勤むるか、江戸では小紫に会ふてのやりくり、都へさす盃をことづかりゆく」など、立ちながら語りぬ。聞くに、東の恋しく、京の事なを忘れ難く、しばし待てと、鼻紙に石筆を早め、「今日この細道にて清六に逢ふて、やつれたる姿を見せて、そこ床しさはなに程、露という命消えずば、又見るまでのしるしぞ」と、岩根の蔦の葉を手折りて、かりそめに包みこめて、金太夫かたへと渡しぬ。

『好色一代男』の世之介までが、あつらえ向きに、京での知りびとに逢い、京への便りを託している。ただし、俳諧としては、これは「べた付き」であること、やがて判明するであろう。

ところで、先に述べた黙阿弥も、江戸の芝居の「作者」は、生活意識における文人臭は、同じく俳諧師であったから、その下題も、宇都谷峠の枕詞式のものに「蔦紅葉」を選んでのせているのだが、話の進展の重要な場面に選んだ宇津の山は、やはり人物の邂逅《かいこう》の場所で、文弥殺しがここで行われるのである。

ここでは、筆の運びが、逆に、近代から近世へとさかのぼってきたが、「宇津の山」一つに集中して、その地誌の記述を蒐集していってみると、日本文学における「旅の記」というものが、どういう性質のものであるかということがよくわかる。それは、「日本の旅人」の旅の特色をよく示すであろう。

すなわち、日本の旅人が、旅中で経験することは、あることがらは、すでに旅行への出発前からきまっていた、ということだ。「旅の記」が、記述にとどめるために選択する場所についても、旅行以前からきまっており、そこでのできごとも、そこの光景も、その旅人の出発前から約束されていた。宇津の山は、道が細く、暗く、従って心細く、季節のいつを問わず、蔦が茂り、楓が繁り、そして旅行者は、できればかつて見知っていた人に、そうでなくとも、誰か人に、逢うことになっていた。日本の旅人の「道」は、だから、日本の旅人に、対立して、向うにあるのではなく、旅人の側に、前々から用意されていた道であった。

そして宇津の山の場合は、明らかに、『伊勢物語』の知識が、現実の宇津の山の旅行者の経験を支配しているのである。こう考えると、日本の旅人としての業平の経験は、かりに宇津の山に関してだけいっても、はなはだ貴重なものであったといえるであろう。

文学は、歴史に先行する。

文学は、自然に先行する。

あるいはこうもいえるだろう。

日本の自然は、文学に把握されたもののみがそこに存在する。日本の歴史は、文学の選択と濾過とを経て、はじめてその叙述の形式を得てそこに存在する。

それでは、本書の本筋に立ち返って、業平の、宇津の山における経験を辿ってみよう。


ゆきゆきて、駿河の国に到りぬ。宇津の山に到りて、わが入らむとする道は、いと暗う、細きに、蔦、楓は茂り、もの心細く、すずろなるめをみること、と思ふに、修行者逢ひたり。かかる道は、いかでかいまする、と言ふを、見れば見し人なりけり。京に、その人の御もとにとて、文書きてつく。

駿河なる宇津の山べの、うつつにも　夢にも　人に逢はぬなりけり

西鶴の筆が、べた付きだといったのは、修行者を亀屋の清六に替えただけで、趣向はまったく業平の経験通りだからだが、其角はともかく、上りと下りとの境遇を逆にして、伝統に抵抗している。

それはともかく、この『伊勢物語』の本文は、いいと認めて賞め上げれば、まことによく書けているというほかはない。古雅な簡潔なよさを十分に発揮しているとみられる文章だからだ。そういう文章と相まって、この、旅中の思いがけない邂逅によって、京なる人に手紙を託すことができたという、幸福なハプニングは、業平の東下りの一挿話として、読者の同感を誘ったことは、十分に想像できるところである。

ただ、この前に書かれた文章と、その歌との間には、どうも奇妙な、ずれがあることに、目をつぶるわけにはいかない。この歌は、はたして「こうして」できたものか。八橋のかきつばたの折句の歌でも、遠慮しながら疑っておいたように、――それは、『古今集』が業平としているので、遠慮しなければならなかったが、――この歌になると、いっそう疑わしい。それは、「駿河の国宇津の山」という歌枕の、机上の創作短歌ではなかったか。

この歌、「駿河なる宇津の山べの」は、単なる序歌である。前書きがあるからこだわるが、――またそのこだわりが、歌物語のねらいでもあるが、歌だけの解釈法の常道では、「その宇津の山で、わたしは修行者に逢ったけれども」とは、持ちこめないのである。歌の本文というべきところは、現実にはもちろんのこと、夢にさえも、あの人に――ということはすなわち贈られ主なるお前さんに――一向にお目にかからないことだ、というわけだ。修行者に思いがけなくあった、それで、一向に逢わない人のことに、思いが転じていった、というように運んでいるのは、『伊勢物語』の作者の巧妙な持っていき方だが、だからなおさら、それは、すでにあった歌から逆に引き出された事情であって、決して、こうしたことの運びの上で、できてきた歌ではないのである。

多くの先例があるように、地名をよみ込まねばならぬ一類の歌があり、そしてその地名の「音」のひっかかりで、ぱっと転じて、抒情が展開していく、という、そういう短歌の中に入れてよみ直すと、この宇津の山の歌は、歌のよしあしは別として、型としては、在来の型通りに倚《よ》りかかった恋歌であるにすぎない。

こうした想像を側面から支持する歌が、例の『古今和歌六帖』にある。

駿河なる宇津の山辺の　うつつにも　夢にも見ぬに、人の恋しき

大野晋氏の研究によると、結論的に、『伊勢物語』の発達、膨張の途次の数次の『伊勢物語』というべき部分が、国語史的にほぼ判定され、ここは——八橋が終って、「ゆきゆきて」から——その、第二次ともいうべき部分だという。さもありなんと思う。

しかし、読者の歴史においては、もちろんここも、業平の経験である。そして業平の東下りの主題通り、——木曽川の河口へんで、京へ帰りたいと思い、八橋でも、京を遠く離れたことを思い、ここでも、京に遺してきた恋人を思っているのである。

なお、鎌倉時代にはいって、鎌倉という場所が、東国に出現してからは、必然的に、京と

鎌倉とを結ぶ道は、にわかに旅人の往来が烈しくなる。そのはじまりに、『平家物語』の重衡の海道下りがあり、その終りに近く、俊基の海道下りがある。そしてその間に、近々五、六十年の間に、『海道記』『東関紀行』『十六夜日記《いざよいにっき》』などが生れている。そしてそれらのすべてが、この業平の経験に敬意を表して、宇津の山での、思いがけない邂逅のことを書き記している。

＊

以下、参考までに、三つの旅日記の宇津の山のところを、ぬき書きしておく。

〔海道記〕

文飾がはなはだしく、三書の中、もっとも漢詩文式文章であり、しかも人に逢ったということは、どうもひどく疑わしい。

岡部の里邑を過ぎて遥かに行けば、宇都の山にかかる。この山は、山中《やまなか》に山を愛するたくみの、けづりなせる山なり。碧岸の下《した》に砂《いさご》長うして巌《いはほ》をたて、翠嶺《すいれい》の上に葉落ちて壊《つちくれ》をつく。肱《かいな》を背《せな》におひ、面を胸にいだきて漸くのぼれば、汗肩袒のはだへに流れて単衣《ひとへ》かさぬといへども、懐中の扇を手に動かして、微風の扶持《ふち》、可なり。

大変な深山幽谷の登攀《とうはん》のような、オーバーな、文章だけが先走っている記述であるが、こういう表現が続いたあとに、

足にまかするものは、苔の岩根、蔦《つた》の下道。嶮難にたへず。暫くうち休めば、修行者、一両客、縄床そばにたてて又休む。

立ち返る　うつの山ぶし　言づてよ。都こひつつ　独り越えきと

あまりに、『伊勢物語』通りで、読んでいる方が気がさすくらいだが、作者もてれたとみえて「行く行く思へば、すぎぬるこの間の山河は、夢に見つるか、うつつに見つるか。昨日とや言はん、今日とや言はん……」などと、続けている。

〔東関紀行〕

これが『東関紀行』になると、文章はいわゆる和漢混淆文であるが、趣向はもっと手が込んできて、峠路のほとりに、草庵を営んでいる一人の僧がいることになっている。

宇津の山を越ゆれば、蔦、楓は茂りて、昔の跡絶えず。彼の業平が、修行者にことづて

しけん程は、いづくなるらんと見行く程に、道のほとりに札を立てたるを見れば、無縁の世捨人ある由を書けり。道より近きあたりなれば、少し打ち入りて見るに、僅かなる草の庵の中に、一人の僧あり。

こうして、作者はこの僧の修行の回顧談に耳を傾けるのだが、どうも、旅日記にもこうした筆のそら言があるということがふしぎだが、これは、旅そのものの記録が旅日記なのではないからであって、中世の日本の旅人は、別に自然主義者ではないのである。

〔十六夜日記〕

うつの山越ゆる程にしも、あざりの見知りたる山伏、ゆき逢ひたり。「夢にも人を」など、昔をわざとまねびたらん心地して、いとめづらかに、をかしくも、あはれにも、やさしくも覚ゆ。いそぐ道なりといへば、文も数多はえ書かず。唯、やんごとなき所、ひとつにぞ訪れきこゆる。

阿仏尼《あぶつに》までが、約束通りに山伏に逢い、しかも業平の先例を逐って、手紙までも頼んでいる。その歌に、

わが心うつつともなし。うつの山　夢にも　遠き昔恋ふとて
蔦　楓　しぐれぬひまも　うつの山　涙に　袖の色ぞこがるる

五　富士の山

東海道を行けば、どうしても富士山については触れないわけにはいかないだろう。しかし、東下りの中でも、この歌は、もっとも異風である。

富士の山を見れば、五月《さつき》の晦月《つごもり》に、雪いと白う降れり。
時知らぬ山は富士の嶺。いつとてか　鹿の子まだらに、雪の降るらむ
その山は、ここにたとへば比叡の山を、二十《はたち》ばかり重ねあげたらむほどして、なりはしほじりのやうになんありける。

富士山の様子を説明しているのだが、それが「ここにたとへば」と、いきなり筆者は、京にいる立場で、「その富士山と申しまするは、ご当地の山でたとえてみまするると」と、いっているわけで、この書き方は、少くとも、旅の経験が、突然、過去のこととして語られていることになっている。

しかも、その説明がわからなかったとみえて、ここはちょっとおもしろい異本がある。

○塗籠本。この山は、上《うえ》は広く下《しも》はせばくて、大かさの様になんありける。高さは比叡の山を、二十ばかり重ねあげたらむ様になむありける。（塗籠本はここで切れている。なりは云々はない。そのなりは云々を）

○為家本。なかははしほりの山となんいひける。

塗籠本の富士山は、なんだか、山が逆立ちしたみたいであるが、あるいは、笠雲というような雲が、富士山にかかることをいっているのだろうか、なんにしても、非常に特殊である。なりはしほじり、という普通の本文も、諸説さまざまで、契沖は、姿《なり》はつぼじり、と解した。壺の尻がとがっていて、土中にいけるようになっているものがあるが、それではないか、という。「つぼじり」という語は『宇津保《うつほ》物語』に用例がある。

上田秋成は異説をたてて、鳴りは潮尻、と解した。磯浜にうち寄せる潮が、さっとさして来て、音をたてる。その潮尻の音のごとき音を、富士山がたてているというのだ。富士山には昔から、『万葉集』などにも用例のある、「鳴る沢」という語がある。これは、ごうごうと音をたてて流れ落ちる急湍《きゅうたん》だといい、それが固有名詞にもなっているが、そうではなくて、富士山の、底知れぬ噴火口をいうのだともいわれている。秋成はその知識をふまえて、鳴る沢の鳴る音は、潮尻のごとくであると解したのである。秋成はこの説に固執してはいないが、捨て切れない説である。

なお、富士山は、業平の在世中、清和天皇の貞観六年（八六四）に、大噴火を起したことが記録にみえている。

なりはしほじりは、姿は塩尻だと説いたのは天野信景《あまのさだかげ》である。そして今はおよそこの説が採用されている。信景によると、塩尻は、海水から塩をとるために、塩田では砂を円錐形に盛り上げて、それに海水をかけて、その砂山の砂を、次第に濃縮したものにしていって、それから塩を精製するので、その砂を盛り上げたものをいっている。それを比喩にもってきて、姿は塩尻、といったのだという。信景はこの説が得意だったとみえて、自著を『塩尻』と名付けているくらいである。

ただこういう説の場合、塩尻ということを信景が知っているだけでは十分ではなく、少くとも、『伊勢物語』の書かれた頃の読者は皆それを知っていた、という前提がないと不安である。早く都では忘れ去られたとしても、ある時期には、共通の知識として、かなり流布していたことばでなければならない、という条件がある。その点が塩尻説の不安である。

「なかははしほりの山となんいひける」、といっているのはもっとわからない。本文がわからなくなったから、わかるように変えたというのでもなく、書き誤りとしても説明がつかない。こういう難解句の解釈に特にたけていた折口信夫は、なかばは、駿河と甲斐とのどちらかでは、「しほりの山」といっていたということか、と仮説を出している。

ともかく、さまざまな問題があるのだが、どうしてこんなに厄介なことになったのか。おそらく、近代になってからは、ただその秀麗な山容と、駿河湾を前に屹立する光景の美にのみ集中したのが富士山だが、少くとも近世に到るまでは、富士山は、ただ海道筋の美しい山というだけではなかった。

そのことは、ここの、東下りの富士の歌がまず、美しいだけの山としての富士山をいっているのではない。

いつとは知れぬ業平の旅であるが、ここでは、五月の晦日という日付けが出てきた。それは業平の旅日記として必要な日付けだったのではなく、夏の富士山の雪のことを、強調しなければならなかったからだ。五月の晦日といえば、旧暦では、もはや夏のもなかであろう。その時季の、富士山の雪を、問題にしているのである。

季節の区別がわからない山だな、富士山は。一体、今をいつだと思って、鹿の子まだらの状態に、雪がつもっているんだろう。

かりにこれが業平の歌だとしても、少しも業平にとって名誉になる歌ではない。それは業平とは関係なしに、歌わなければならないことしか歌っていない歌だからである。それは、富士山も含めて、多くの高い山について、その峯の、消えのこる雪の状態について、問題にしなければならない民俗があったからである。

富士山の雪は、平地の雪よりも早く降り、平地の雪よりもずっとあとまでも消えのこっている。それは事実でもあるが、それだけならばなにも富士山にのみ限るわけではない。しかし、特に富士山の場合が問題になって、そういう知識を収約した俳諧歳時記では、普通の初雪や雪解けに対して、別に富士の初雪、富士の雪解けを季語として採録している。それは季節がずれて、普通の初雪が冬なのに、富士山の場合は、秋、雪解けは春なのに富士山のそれは夏となっている。つまり、一季、繰り上り、繰り下り、しているのである。

そしてそれは、局限にまできわどく扱われると、

富士の嶺に降り置く雪は、六月《みなつき》の十五日《もち》に消ぬれば　その夜降りけり

という歌にまでなる。雪解けの翌日が初雪だというのである。この歌、『万葉集』巻三、高《たか》橋《はしの》蟲麻呂《むしまろ》の歌集に出ている歌だという。多分に伝承的な色彩の濃い、長歌の反歌として、書きとめられているものである。

こういう、富士山の雪解けが鹿の子まだらであるということは、ほかの山についてもある。一連の「峯の雪」の信仰であって、山の雪解けの形が、鶏のとさかの形をしているとか、種

子を蒔く人の様子をしているとか、馬の形を示しているとか、地方地方によっていろいろにいわれる。それは、その地方地方によって、あるきまった山の、消えのこった山の雪の形によって、その年の秋のみのりの豊凶をうらなったり、また、農事の時を知ったりする民俗である。

おそらく、消えのこる富士山の雪の形を問題にしているこの歌は、そういう民俗の中から生れた、富士山のみえる地方での、誰のとも知られぬ歌が、『伊勢物語』の編者の手によって、ここに挿入されてきたものであろう。それは、ここにこうして収まっていれば、東海道筋での詠歌として考えられるが、あるいは、裏側の、甲斐の国の側での民謡かもしれぬ。

富士山の問題は、浅間山との関係に、もっと探りを入れてみなければならないが、それは、業平の東下りとは、かなり離れてしまうだろう。

まずここでは平凡に、宇津の山を下りてきた業平が、やがて、まともに富士山をみる海道筋を、歩いて行ったものとみておこう。富士をまともに仰ぎみれば、いよいよ東下りももっとも東の国の中心部に歩み入ることになる。

六　墨田川

在原業平は、とうとう、あづまのまんまん中ともいうべき、武蔵の国のはずれ、墨田川のほとりにまで、やって来た。

『伊勢物語』によれば、五月の晦日に、富士の残雪をみているのだから、——そしてその前には、八橋で杜若の盛りをみ、宇津の山では、蔦、楓の茂りをみているのだから、旅の季節は、さしたる矛盾もなしに、経過している。それに対して「都鳥」は、後の俳諧の季題としては冬の動物である。

都鳥は百合鷗《ゆりかもめ》という。冬になると日本に渡って来る候鳥《こうちょう》であって、水辺に目に付くのも冬が多い。しかし、そういったからといって、ここで、業平の旅を、冬の季節であると主張するわけにもゆくまい。能では梅若忌《うめわか》にちなんで「隅田川」は春である。

杜若や五月の晦日を例外として、はじめから業平の旅は、季節感をしみじみと感じさせるものではなかった。むしろ、その点に、旅の季節を超越している点に、逆に業平の旅の特徴があった、といえるかもしれない。

ともかく、業平の東下りは、ふたたびもっとも本格的な旅の記録になる。

なほゆきゆきて、武蔵の国と下総の国との中に、いと大きなる川あり。それを墨田川といふ。その川のほとりに群れ居て、思ひ遣れば、限りなく遠くも来にけるかな、とわび合へるに、渡し守、「早、舟に乗れ。日も暮れぬ」と言ふに、乗りて渡らむとするに、皆人ものわびしくて、京に思ふ人なきにしもあらず。

さる折しも、白き鳥の、嘴《はし》と脚《あし》とあかき、鴫の大きさなる、水の上に遊びつつ、魚を食ふ。京には見えぬ鳥なれば、皆人見知らず。渡し守に問ひければ、「これなん、都鳥」といふを聞きて、

名にし負はば、いざ、言問はむ。都鳥　わが思ふ人はありや　なしやと

とよめりければ、舟こぞりて泣きにけり。

都を遠く離れて来たものが、鳥の名が「都鳥」だと聞いて、その名から都恋しさの思いをそそられた、というのは、いかにもありそうなことであって、都鳥なら都の消息に詳しいはずだというわけで、鳥に向って「言問ひ」をするのであるから、依然としてこの歌の主題は、業平の東下りの主題を逐っているわけで、その点でも、たしかに本筋のものであることが知られる。

しかし、それではいかにもまともすぎていて、『古今集』の羈旅歌として収められたこの歌までが、ほとんど『伊勢物語』と同じような、詞書を持っていることの説明が、ちょっと不十分な気がする。

はるばる都からくだって来た、都育ちの貴族に向って、墨田川の船頭が、「これなん、都鳥」といったのは、都恋しさをそそられる前に、まず、一行の苦笑を誘ったのではなかった

か。「あづまの武蔵の墨田川にいる鳥が、都鳥とはこれいかに」というわけである。

　そういう、ことばの矛盾を中心にした、歌をもってする問答の遊戯は、書きとめられたものの中にもずいぶんある。

問ふ　夜昼の数は　三十《みそぢ》に余らぬを。など、長月と言ひ始めけむ
答ふ　秋深み　恋ひする人の明しかね、夜を　長月といふにやあるらむ

つまり、特別に日数が三十日を越すわけでもないのに、「長月とはこれいかに」という問いなのである。これは『拾遺和歌集』に載っている、参議伊衡《これひら》と『古今集』撰者の一人、躬恒《みつね》との問答だが、『金葉和歌集』の連歌になると、

東びとの声こそ　北に聞ゆなれ』
陸奥《みち》の国より　来し（越）にやあらん

などという、ナンセンス問答に近いものさえも、記されている。

　言語遊戯にまで堕《お》ちてしまったものは、つまらない、といえばつまらないが、「素朴な驚き」「子供のような心になっての、素直な自然への注目」ということになると、それは、必ず

しも笑い捨てるわけにはいかない。それは、『古今集』の撰者たちが発見した、文学の素材でもあったからである。

だから、「これなん、都鳥」には、望郷の感傷を誘う前に、そういう、謎かけ・謎ときの奇智を、業平に求める一座（この場合は同船の人々だが）の期待がまずあったのであろう。そこで業平はまず、

名にし負はば、いざ、言問はむ。

と言い出した。「へえ、あづまの都鳥だって。じゃあ、ちょっと伺いますが、お答え願いたい」と、ものものしく、仰山な態度を打ち出してきたのである。

これが、ものものしい問いかけであることは、「言問はむ」に示されている。

こととふ、とは、質問するというような、一般普通のことばよりは、ずっと古風ないい方であって、「ことどひし云々」「こととはぬ云々」は、古代における神々の言動において、繰り返し、いわれていたことばであった。だから、「いざ言問はむ」は、都鳥に対しては、なんとしても大げさであって、そして、その効果を業平は計算に入れているのである。だから、それに続いて、「武蔵の都とはこれいかに」式の展開を遂げるものと、一同が期待していると、業平もさるもの、突然に、

わが思ふ人はありや　なしやと

と、望郷の切ない思いに転じていったのである。同船の人々は、はっと息を呑んで、そして、「舟をこぞって、みんなが」涙を流したのである。そして歌はみごとに、業平の東下りの主題に、ぴたりとはまったのである。

　ところで、この時分の武蔵と下総との間を結んでいた渡し場はどこだったろうか。それは、今日の地形からは、ほとんど想像の手がかりもなにもないであろう。また、従って、そこをどことも定められないであろう。それは、滄桑《そうそう》の変とはいうもおろか、青海原が変じて桑畑となり、それがさらに、大都会の中に没入してしまったのだから、当時の光景は、思い浮べようもない、ありさまである。

　元来、古くは武蔵の国は、東山道に所属していた国であった。ということは、西からあづまに進んで行く場合に、東海道の陸路の向うに位置付けられてはおらず、山道という、海沿いでない国々の先に続いている国であった。それが、海道が開発されて、武蔵の国が東海道に所属替えになってからも、後の五十三次の東海道などは、まだまだ、海底に沈んでいた。武蔵の国の中心部は、ずっと内陸にはいり込んでいたわけで、多摩川を横切る官道も、ずっと多摩川の上流を通っていた。右岸の多摩の横山を越えて、今の府中のあたりに向って、広い川原を横断し、そこからさらに、狭山《さやま》の丘陵を目指して、進んで行ったものと思う。広大な、関東平野を通過してゆく道は、そちらの方が、本海道であったろうと思う。特に江戸湾岸は、徳川家康の入府以後の大土木工事によって、江戸の町が造成されていくのにつれて、はなはだしい、人為的変化が加えられてしまった。

すみだ川は、墨田川、隅田川、角田川と、いろいろに当てられてはいるが、どれが本格ということもないらしい。また、荒川《あらかわ》の部分称ではあるが、どの部分とも的確にはきまっていないようだ。普通は、千住《せんじゅ》大橋のあたりから下流をそういい、さらに、浅草の浅草寺《せんそうじ》の門前町近くの部分を宮戸《みやと》川、それに続いて吾妻《あづま》橋から下流を単に大川といっている。しかしそれももちろん江戸造成の後のことだから、古い昔の地勢については、手がかりにはならない。

業平の東下りに因む地名が、言問橋《ことといばし》や業平橋という名に遺ってはいるが、それも確実性は薄い。今、江東地区では地盤沈下が著しく、中でも業平橋のところはもっとも烈しく、一年間に十九センチを記録したという（注本原稿の執筆当時のこと）。この長さは成人男子の一年間のひげののびる長さだというから、ひげののびる勢いで沈下しているわけで、それからみても、もともと水底なり海底なり、であった土地で、業平の知らない、業平橋であろう。

ただ、業平と現代（もしくは江戸時代）との橋渡しをしたものに、梅若伝説があり、ことにこの地の梅若伝説の定着に働きかけたものに、謡曲「隅田川」がある。

謡曲——能の台本——は、古典の知識の宝庫としての役割りを果たしている。八橋の杜若についてもそうであり、一連の『伊勢物語』ものの謡曲を数えることができるが、それらは、『伊勢物語』の説話を題材として、中世化し、さらには能という舞台芸術のわく組みの中に取り入れて再生したりしているが、一方では、『伊勢物語』の歌や詞章が、直接に、また間接に、あるいは、堂々と、またそれとはなしに、利用され引用され、それが、いっそう『伊勢物語』を、在原業平を、後代に忘れさせない効果をもたらした。

梅若の伝説は、場所がら、江戸のそれがもっとも有名になって定着したが、それは、業平文芸を利用した「隅田川」の作者のてがらであろう。そして、梅若塚のある木母寺《もくぼじ》が、江戸の名所となるにつれて、さらにさかのぼって業平の「言問い」の地までが、その界隈に定着していったと思われる。

謡曲「隅田川」の、ＰＲぶりの一端を示しておこう。

——ここやかしこに親と子の、四鳥の別れこれなれや。尋ぬる心の果てやらん。武蔵の国と下総の中にある、隅田川にも着きにけり。隅田川にも着きにけり。

——うたてやな。隅田川の渡し守ならば、「日も暮れぬ、舟に乗れ」とこそ、承るべけれ。かたの如くも都の者を、舟に乗るなと承るは、隅田川の渡し守とも、覚えぬことな宣ひそよ。

——実に実に都の人とて、名にし負ひたるやさしさよ。のう、その詞も、こなたは耳に留るものを。彼の業平もこの渡りにて、名にし負はば、いざ言問はん。都鳥。わが思ふ人はありやなしやと。

――のう、舟人。あれに白き鳥の見えたるは、都にては見馴れぬ鳥なり。あれをば何と申し候ぞ。あれこそ沖の鷗よ。うたてやな。浦にては千鳥とも言へ。鷗とも言へ。などこの隅田川にて、白き鳥をば、都鳥とは答へ給はぬ。

『伊勢物語』のような作品になると、『伊勢物語』からの直接の知識のほかに、こういう形で伝えられ、敷衍《ふえん》された知識が、まず先に行き渡っていた、ということも、十分に考えられるわけである。

＊

業平の東下りは、道行きとしては、ここでプツンと切れている。しかし、たびたび引用してきた塗籠本では、まだ業平の旅は続いていく。

七　あづま路

業平の旅はまだ続く。

もともと、どこと目指しての旅ではなかったのだから、あづまという国が拡がっている以上は、その放浪・流離は続くわけである。

その川渡り過ぎて、都にみし逢ひて、ものがたりして「言伝てやある」と言ひければ、

都びと　いかに　と問はば、山高み晴れぬ雲居にわぶ　と答へよ

墨田川を渡り過ぎて、どっちの方へ行ったのか、わからないが、ともかく、あづまの道を、なおも先へ先へと進んで行ったわけであろう。

その道中でか、身を寄せたところでか、業平はまた、以前都の生活において、見知っていた人に逢った。その人は、これから都へ帰るのだとみえて、言伝てがあればといったので、業平は、こういう歌をよんで答えた。

——あなたが都へお帰りになった時に、都にのこして来た人が、あなたに、「業平はどんな様子だったか」と聞いたらば、「山が高くていつも晴れずに雲のかかっているところで悲観して暮している」と答えてください。

この歌そのものからいうと、どこまでも、都へ帰るその人に訴えているのだが、実は、そういう形をとった、都びとへの訴えの歌である。一首の歌の中に、問いと答えとがはいって

いる歌の一類があるわけだ。

わくらばに問ふ人あらば、須磨の浦に藻塩たれつつわぶ　と答へよ

『古今集』の記録した、在原行平の歌だが、まったく同じ型のものだといえるだろう。答えてくれることを予期して注文しているというよりも、自問自答の形をとった、訴えなのだ。例の有名な、小野篁の、

わたのはら　八十島かけて漕ぎ出でぬ、と人には告げよ。あまのつり船

も、同じ型にはいる。

それにしても、この段の運びは、宇津の山と同じ様で、同じ東下りの旅の中で、二度も見知った人に逢い、その人の都に帰るのに、歌をことづけた、というのも、二度目となると、あまり感動しなくなってしまう。とりわけ、この歌は、どこという確たる地名もないために、いっそう、道行きの詞章としての効果が削減してしまう。

ところで、『伊勢物語』では、一つ段をへだてて、こういう一段がある。

昔、男ありけり。あづまへゆきけるに、ともだちどもに、言ひおこせける。
忘るなよ。ほどは雲居になりぬとも、空ゆく月のめぐりあふまで

家にいるもの、都にある家と、旅にあるものとの間がはるかにへだたっている状態をいうのに「雲居」という語が約束的に使われているわけであって、「晴れぬ雲居にわぶ」というのと、「ほどは雲居になりぬ」というのとでは、いい表わし方は違うけれども、いおうとしていることは、ほとんど同じである。もともと「雲居」というのは、雲がじっとしていることで、じっとかかっている雲、すなわち雲そのものをいっていたが、それが次第に遠くなっていって、地平線にかかっている雲を考えて、はるかに遠くに遠ざかることを、「雲居になる」というようになってきた。その間には、愛人の家をいう時の慣用的ないい方として「雲居」が使われていたが、それがさらに遠く、旅人の位置に使われるようになっていった。

この「忘るなよ」の歌は、『拾遺和歌集』に、橘忠基《ただもと》の歌と明記して載せてあるものであるため、その人の歌が『伊勢物語』にはいっていることから、『伊勢物語』の成長の下限の時が想像できるわけだが、編者の心ぐみでは、旅にある業平とおぼしき人物の作品めかして、「ひなの物語」の一つとして、ここに排列してあるわけであって、『伊勢物語』の編者の常套手段とみていい。塗籠本にのみある書き継ぎで、川を渡り過ぎて、あづまのどこかで「都びとい

かにと問はば」と作った歌がある『伊勢物語』であれば別だが、普通の本でそれがなければ、ここに「忘るなよ」が挿入されてきたことは、いかにも効果的である。

ところで、先の「都びと」の歌、およびその前書きの文章だが、例によって、業平の旅だという条件を無視してしまうと、それは、もっと自由に考えられてくる。

それは、「言伝てやあると言ひければ」の主格が動揺するからである。つまり、業平の東下りのひと続きとしてみていけば、当然、都へ今帰ろうとしている人が業平に「言ひければ」であり、従って歌は業平の歌ということになるが、この塗籠本の文章が、東下りに結び付いて合理的に落ち着く以前の原形を想像すると、都からくだって来た男が、あづまで、昔かかわりのあった女性を発見した、という話であったかもしれない。平安朝の、都の生活に見切りをつけて、地方の役人について、地方にくだって行った女性たちの生活を考えると、業平が、身を寄せた地方官の館などで、そういう女性に思いがけなく逢った、ということも考えられる。すると「言伝てやあると業平が言ひければ」ということになって、「都びと」の歌は、女の歌になる。「山高み晴れぬ雲居にわぶ」というのも、そういう作者の境遇を想像した方があはれが深くなる。それはすでに、折口信夫も指摘している。

道の口　武生の国府に、われはありと、親に申したべ。心あいの風や催馬楽《さいばら》が歌謡として採用したものだが、これも「あそび女」というよりは、地方官についてくだった女の境遇の空想で、それは、当時の都びとたちの心を、刺激するに十分なものであった。

業平の東下りも、そろそろ、「道行き」が終るとすれば、今度は、行った先での、女性の発見ということに、話は展開していかなければならぬ。塗籠本の、「その川渡り過ぎて」のくだりは、そういう原話の添加であったかもしれぬ。

八　入間の郡の女

あづまへ、住みどころを求めて、はるばるとやって来たのが、業平の東下りであったが、武蔵の国の側から舟に乗って、向う岸、すなわち下総の国に渡る舟の中で、「都鳥」の歌で人々を泣かせてから、業平は、どこをどう通ったのが、入間《いるま》の郡に現れる。これ以後、『伊勢物語』では、業平は、武蔵の国にしばらく滞在したことになっているが、また、もっと奥へ進んで行ったようにも、書き記している。東下りの果ての業平の消息のいくつかに触れておこう。

もっとも、『伊勢物語』の一本では、道行きがプツンと切れてしまうのに気がさしたのか、次への連絡を付けている。為家本である。

「名にし負はば」の歌。

とよめば、舟こぞりて泣きにけり。

さてその国にある女をよばひけり……。

と続いていくのである。しかし普通は、道行きは道行きでおしまいにして、あらためて筆をおこしている。


昔、男、武蔵の国までまどひ歩きけり。

さて、その国にある女をよばひけり。

父は異びとに娶《あ》はせんと言ひけるを、母なん、貴《あて》なる人に、心つけたりける。父はなほびとにて、母なん藤原なりける。さてなん、貴なる人に、と思ひける。

この聟がねに、よみておこせたりける。住むところなん、入間の郡三芳野の里なりける。

みよしののたのむの雁も、ひたぶるに、君がかたにぞよる、と鳴くなる
聟がね返し。

わがかたによる　と鳴くなる　みよしののたのむの雁を、いつか忘れん
となん。人の国にても、なほかかることなん、やまざりける。

業平らしい人物であることを、作者はたくみに写し出している。

父は普通の身分の人で、母は藤原氏の出自を誇るものであった、というようなことは、現実にも多くあったのであろう。

衣更え。母なん藤原氏なりける　蕪村《ぶそん》

その母のプライドに、もってこいの業平が現れたのである。光源氏が須磨に流れて行った時は、夫の明石の入道の方が、妻をさしおいて、娘のために、好機到来と悦《よろこ》ぶのだが、業平の場合は、逆に、藤原氏の出を誇る、プライドの高い母親が夢中になったわけだ。

入間の郡は、相模・武蔵・上野と、関東の中心部を貫く官道に沿った、いい土地であったのだろう。あづまの方に住み処を求めに行った業平が、入間の郡にしばらく身を寄せていた時のできごととして、つじつまを合わせているわけだ。歌と、その注解というような筆で、その場所を「入間の郡三芳野の里」（多くの異本は丁寧に「武蔵の国入間の郡三芳野の里」と記している）と指定している。一つはいきなり歌に「みよしののたのむ」と出てくるので、そういう名が、ひなのあづまにあることを知らない人に対する注意喚起の意味もあったであろう。業平らしく、偶然とはいいながら、都びとの耳になじみ深い地名と、同じ地名のところに、身を寄せた、というわけであった。

ことのはじめはわからないが、身を要なきものに思いなした業平としては、この道ばかりは別というのか、多少とも、公に対する遠慮からの東下りだとすれば不謹慎のような気がして、それは第一に、『伊勢物語』の作者自身が気がさした、ということを示している。

こんな、いろいろなわけがあって、あづままで出かけて行った身が、相変らず、まだ「こうした行動」がやまなかったと、舌打ちをしているのである。もちろんこの「かかること」は、色好みの行動を指していっているのであって、この段の末尾に付け添えてある批評は、業平の色好みの行動に対する批難を表明しているわけである。

しかし、かりに純粋な読者がいて、『伊勢物語』の作者の手にのせられて、ここまで読んできたとすれば、あるいは、もっと意地の悪い、すべて承知の上の読者が作者の手にのってここまできたとしても、『伊勢物語』の第一段から第九段までには、別に、読者が眉をひそめなければならないような、業平の恋愛遍歴は書かれてはいないのである。ここの段での作者の批難は、明らかに男を業平とする了解の上に立っての言だから、そういう屁理屈もいいたくなるわけである。つまりここなどに、「色好み」の種々相を伝える作者の偽善的態度が、露呈しているのである。そしてこれは「在原業平像」を考える場合には、なかなか大事な、いわば伝記作者の執筆にあたって要求される、心構えの問題がある。

ここの本文に沿っていってみると、武蔵の国入間の郡に、しばらく身を寄せていた業平が、その国の、もちろん相当の身分のものの娘に通うようになっていた。娘の母が、この結婚に賛成していて、娘の後見人のような立場もかねて、正式な聟として迎えたいという意向を示してきたのである。それに対して男の方も、聟入りを承諾し、型通りの「いつか忘れん」（決していつまでも忘れまい）という挨拶を返しているのである。

印象解釈式に訳していくと、女の方が、相手を業平と知って、是非にと積極的であり、それに対して業平が、通り一ぺんの、不真実な、「いつか忘れん」と、口先だけの挨拶を返しているように受け取れて、その浮気なやりとりを、「かかることなん、やまざりける」と批難している、というように解するかもしれないが、それは古風ではない。古風で、正統な「色好み」においては、相手のいかんにかかわらず、まめなる態度をもって接しなければならないのであって、作者は十分それを承知の上で、しかも、新しい道徳に対する遠慮と顧慮とから、自身、認めていないようなポーズをとっているだけのことである。

作者は第二段で、業平のことを「まめ男」といっている。男女関係において、まじめで、律気な男のことをそういうのであって、本格的な色好みの男は、まめ男であって、たわれ男ではない。『伊勢物語』のような、恋愛教本、恋の処理に関する百二十五条、とでもいうべき指導要領では、一応、色好みなる男と、すきものといわれる男とを、対立させて処理する方がいい。色好みということばも、男の道徳に関することばであるのが、『伊勢物語』などでも、早くも「いろごのみなる女」が出てくるくらいで、次第に後世の「英雄いろをこのむ」

の色好みに、歩みよりはじめているが、解釈に臨む態度としては、すきものとは分けておいた方がいい。

まめなる男も、男女の関係において、用例が変っていく。『伊勢物語』では業平を「それをかのまめ男」といっており、『源氏物語』では、光源氏に対して「まめだち給ひけるほど」といい、光源氏の長男夕霧《ゆうぎり》の大将に対しては「まめびとの名をとりて、さかしがり給ふ大将」といっている。

それが、近世の「まめ男」となると、むしろ、正反対の性質を示してしまう。もっともその頃になると、「昔、男ありけり」が「昔男」といわれるものがあった、というようになってしまう。

滑稽本の世界などで活躍する「まめ男」はまじめで律気な色好みの男から、すきものも通り越して、性的な欲望一点張りの男になってしまう。そしてその名のごとく身体が小さいために、人の閨房にでも、どこへでもはいりこんでしまう。

昔男、袖頭巾着て、ならの京、幽な庵に、しるよしして仮りに居にけり。かたちいと小さくて、印籠にもはいるべければとて、字を豆男となん言へり。

これなどは、承知の上でのパロディーだが、業平＝昔男＝豆男、という図式はかなり早くからでき上がってきている。

　こういうような後世の、誤解され、誇張された業平の姿を、逆に投影して、正真の業平の姿を歪めがちなのだが、それらは、ひきはがして取り去ってみないと、なかなか正銘の業平は出てはこないのである。

　ただし、『三代実録』の「卒伝」における業平評「放縦不拘」は、早くもこの段における作者の業平評と、ひと続きのものであろうと思われる。すなわち、かなり早くから、後世風な意味での、いろごとにはしまめな在原業平という像ができ上がりつつあったのである。

　それはともかく、プライドの高い、出自を誇る母の、めがねにかなった聟君としての、業平を考えると、その歓待に、ありがた迷惑そうな面持ちが思い浮んできて、ふっとした笑いがもれる。

我家《わいへん》は、とばり　帳も　垂れたるを。
大きみ　来ませ。聟にせむ。
み肴に、何よけむ。
あわび　さだをか　かぜよけむ。
玉だれの　小瓶を中に据ゑて、あるじはもや。肴まぎに、肴とりに、

こゆるぎの　磯の若め刈り上げに、若め刈り上げに。

こんな古代民謡の背景として、それはもっともふさわしいように思われる。

九　栗原の郡の女

在原業平の旅はまだ続く。いよいよ「みちのくに」にまで進んでいく。『伊勢物語』によると、その足跡は、宮城県、福島県にのこされている。

平安朝の人々にとって、あづま　みちのくに、それも、道の口と道の奥と、さらにはそとがはまと、そういう国々所々が、どういう位置付けをもって、認識されていたかは、ちょっと想像できない。それは、今のわれわれのように「地図」というものが頭にはいっていて、それに照らしていえば、錯誤、ということもいえるだろうが、はじめから、鳥瞰的《ちょうかんてき》な把握が、われわれとは違っていて、ないのだから、それは錯誤ではない。それはそれなりの認識であった、というほかはない。

その、昔の人々の考え方の根本にあったのは、みやことひなといった対立的掌握であった。そういう考えの型の中に、みかどとみちという対立があった。

宮廷とその直轄の地域といった、京畿とか畿内をいうみかどに対して、そのそとに、みちの国々があった。この「みち」の考えが、中国の文字にうつされたのが、「道」であった。だから「道」はまず、道路ではなく、地方の国々のことであった。東海道・東山道・北陸道・山陽道・山陰道・南海道・西海道の「道」も、まずそういう意味でのみちであった。

　だから、みちのくにといえば、畿内以外の国々も、そういえるわけであったが、七道所属の国々は、いつか、みちのくにという、辺鄙な感じがうすれていって、それに対して、いつまでも、みちという感じがのこった奥州が、その名称を独占していって、みちのくにといえば奥州ということになった。そして、地理的掌握が明確になってくるにつれて、みちのおくのくにとして、みちのくという名が生れてきた。

　前にもいう通り、『万葉集』の記録では、あづまもせいぜい福島県どまりで、その北部の、信夫《しのぶ》・伊達《だて》の郡——その中心に今の福島市がある——あたりであるが、それをすでに「陸奥国」と書いている。しかし、次第に奥地への経営が進んで、後には今の青森県の版図をむつのくにと呼び、これに陸奥とあてている。むつはみちの音韻の変化であろう。

　ところで、『古今集』の東歌では、「みちのくうた」七首が採録され、その歌枕は、

阿武隈川《あぶくまがわ》・塩釜《しおがま》の浦・塩釜のまがきの島・をぐろ崎みつの小島・宮城野《みやぎの》・最上川《もがみがわ》・末の松山

である。

そして、『伊勢物語』が業平に結び付けて伝えた「みちのくに」の中の場所は、右の中の、所在不明の「をぐろ崎みつの小島」と関連があるらしい「栗原《くりはら》のあねは（あれは）」と、阿武隈川の流れる信達《しんたつ》平原の山、信夫山との二か所である。

もちろん、今までも説いてきたように、業平本人が、実際にそこに行ったかどうかは、誰も責任が持てない。『伊勢物語』の本来からすれば、東下りによって、武蔵の国が採り上げられ、武蔵の国の民謡か、その国に因む歌とその物語が、業平めかして取り入れられたのに続いて、陸奥の国まで業平に足をのばしてもらって、同じように、その地方の民謡なり歌と物語となりが、合理的に並べられていったということであろう。しかし、ここでは、実在の業平と、業平とおぼしき人物とを、出つ入りつしながら、そのあとを追っていこうと思う。

昔、男、みちの国に、すずろに行き到りにけり。
そこなる女、京の人は、めづらかにや覚えけむ、せちに思へる心なん、ありける。
さて、かの女、
　なかなかに　恋ひに死なずは、桑子にぞなるべかりける。玉の緒ばかり
歌さへぞひなびたりける。
さすがにあはれとや思ひけむ、行きて寝にけり。夜深く出でにければ、女、

夜も明けば、きつにはめなで。くだかけのまだきに鳴きて、せなを遣りつる

と言へるに、男、京へなんまかるとて、

栗原のあねはの松の　人ならば、都のつとに、いさといはましを

といへりければ、よろこぼひて、「思ひけらし」とぞ言ひをりける。

みちの国の女を出してきて、そういう女にも、その求めに応じてやった、色好みの男のあるべき姿を説いた話であり、同時に、色好みの男の話にまつわる、をこ物語の一類である。ただし、男が笑われるのではなく、笑うに値する女を出して、その女を笑いのめし、そういう女と交渉を持った業平を間接に笑う、という型の、をこ物語である。

まず、歌であるが、はじめの「なかなかに」の歌は、『万葉集』の巻十二（民謡というべき、作者不明の相聞歌を集めた巻）に、似たような歌がある。

なかなかに　人とあらずは、くはこにもならましものを。玉の緒ばかり

この歌そのものを、万葉から探し出してきたというよりも、同類の流動している民謡を取り入れてきたのだろう。いっそ桑子（蚕）になりたい、という希望が、いかにも農村的であり、山村的であって、それが田舎風だというのであろう。王朝貴族の生活では、桑子になっ

ちまいたい、というのは、まず縁の遠い生活だったろう。しかし、『伊勢物語』の読者にとっては、それを東歌だというように、みたのであろう。

その次の「夜も明けば」の歌は、きつを狐とも水槽ともいう。はめなでは中止の形だから、「やわか、はめなで、おくべきか」といったいい方である。

狐なら食わしてしまおう、水槽なら投げ入れてしまおう、どっちにしても乱暴きわまりないおじょうさんである。はめなでを、はめなむという本によると、それでも二つに分れて、狐に食わせよう、というのと、狐に食わしてしまってくれ、と侍女かなにかに頼んでいる形ともとれる。「夜があけたら、さっそくにも、狐にたべさせてしまってくれ」と、むずかっているととると、おもしろさは一番出てくる。

にわとりを、くだかけといったのは、「この、くされにわとりめ」といった、やはり、乱暴な、腹立ちをぶちまけた、いい方であろう。ほととぎすに対して「しこ・ほととぎす」といったりしている例もある(万葉集)。そういう罵倒の語である。それが後には鶏の古語のように受け取られて、すっかりいいことばになってしまったが、この歌では、田舎の女らしい、悪口雑言とみておけばいい。

三千世界の烏を殺し、主と朝寝がしてみたい。

と同じテーマで、時刻を教えて、男を女のもとから追い立てる鳥に対する恨みは、常に変らずに続いている。これが後には「鐘」になるわけだ。

その上、「せな」という語も、ここでは田舎女の用語らしく、効果をあげている。

夜が明けたら、さっそく、狐に食わしてしまってくれ。あの、くされにわとりめが、せかせかと鳴いて、あんさんを帰しちまった。

というのだから、業平の相手としてはまったく、「場違い」な女である。

ここで、ふたたび笑った読者は、さらにもう一つ、これでもか、といった笑いを強いられる。それは、男の歌の皮肉を皮肉ととらずに、素直にまっ正直にとった女が、やっぱり、あの人は、わたしを思っていてくれたんだ、といって、ほくほくしている。それを、読者が、哄笑しているのである。

栗原のあねはの松はとってもいいのだが、だから、人ならば、さあ行きましょうといって誘うんだが……。それではないけれども、あねはの松のようなあなただから、とっても都へはつれて行けません。

ごく平凡な、類型的な、自然物を讃美する型通りの歌なのだが、この、田舎の女に与えたとなると、意味の重点が変ってくるわけだ。それを悟らずに、女が悦んでいるばかりか、「言ひをりける」では、あの人、この人にいいふらしていたわけだ。それをまた、読者は笑っているのである。

なお、この歌も、『古今集』東歌に、地名だけ入れ替った、同じような歌がある。

をぐろ崎　みつの小島の人ならば、都のつとに、いざと言はましを

こういう歌を並べてくると、「男」を業平とはどうしてもみられなくなってくるが、しかもなお、業平が承知の上で、陸奥の国のくにぶりの歌を、利用して、地名だけ、適切に入れ替えたのだと、いえないこともない。

しかし、さらにここにいい添えておきたいことは、都びとに笑われるひなの女の話、であって、『源氏物語』の名高い近江の君がそれで、それは、この業平が出逢った栗原の郡の女性が、そのまま、宮廷に近い、上流貴族の社会に登場したような話である。

近江の君が一所懸命によんだ歌が、

草わかみ　常陸の浦の　いかが崎。いかで相見む。田子の浦波

いかが崎は近江の瀬田川のほとりという。精神分裂というか、作ってみろといってもなかなか作れないような、続かない歌なのだが、それに対する答えというのが、

常陸なる　駿河の海の　須磨の浦に、波立ち出でよ。箱崎の松

ところが、近江の君は、からかわれているとは受け取らず、「松とは待つ、ということ」だから、わたしを待っているということをいってきてくれたのだ、と手ばなしで悦んでいる始末である。

こういう、をこな話の一類が考えられるであろう。

一〇　信夫の郡の女　付・みちのくにの女

さて、こうして、『伊勢物語』における業平の東下りの旅は、一応、最後の話に到達する。東下りの一群の排列の最後に、信夫の郡の女との話が置かれている。

前の、栗原の郡の女の話が宮城県だとすれば、業平の旅はそこから南に戻って、福島県の話になっているわけだ。前の話では、男が「京へなんまかる」とあるので、その話が、東下

り一群の最後に置かれた方が、おさまりがいいのだが、それに、みちの国への進行は、福島県から宮城県と、話が並べられていた方が合理的だけれども、もっとも考えようによっては、宮城県から引き返す道でのできごとと、とれないこともない。

都をば霞とともに　立ちしかど、秋風ぞ吹く　白河の関

能因法師《のういんほうし》の場合、半歳の推移の後に、みちの国の入口に到達しているのだが、前にもいったように、業平の場合は、まったく季節の推移感といったようなものはない。
白河《しらかわ》の関を越えると、みちの国へはいるわけだが、そこから、安積《あさか》・安達《あだち》の郡を過ぎると、阿武隈川中流地帯に拡がるのが、信夫、伊達の郡の、いわゆる信達の平原である。早くから都へも聞えた土地であった。

みちのくの　しのぶもぢ摺《ず》り　誰ゆゑに乱れそめにし　我ならなくに

しのぶ摺りというのが、信夫の郡信夫の里の名物のようになっていく――後に「もじ摺り石」などができた――が、それは誤解であって、しのぶ摺りとは、しのぶの葉の型を摺り出したものだったのが、信夫の郡の名と、受け取られていったのだ。ということは、信夫の郡

の名が、あづまの名どころとして、印象に深かったのだろう。

王朝時代になると、地理などにはかなり不正確な知識がみられて、『古今集』の「採り物」の歌にみえる「みちのくのあだちのまゆみ」というのなどは、おそらく「みちのくのあだたらまゆみ」であろう。

安達太郎山《あだたら》の檀《まゆみ》の木で造った「真弓」のことで、あだたらの名は、古い知識には、間違うことなくとどめられていたはずである。

ともかく、その信夫の里が、業平流離の旅の最後に、身を寄せるところとなった。

昔、男、みちの国にて、なでふことなき人の妻に通ひけるに、あやしう、さやうにてあるべき女ともあらず見えければ、

信夫山　しのびて通ふ道もがな。人の心の奥も見るべく

女、限りなくめでたしと思へど、さるさがなきえびす心を見ては、いかがはせむは。

業平の、あづまにおける最後の、女とのかかわりは、女の「えびす心」をみせられて、男の方から手をひいた、という形になった。

人の妻に通う、ということは、後の道徳心からは許されない。だから、塗籠本などは、多分、それを避けようというさかしらから、人の妻を「人の娘」に替えている。

しかし、当時の風習からいえば、人の妻で差し支えはない。つまり、まれびとに対して、あるじがその妻を勧めることとは、民俗生活においてはあったことで、それは今日の道徳感から、とかくいうべきことではない。道徳の問題ではないわけだ。

ところが、業平は、この女と絶縁したわけで、それは、その女が「あやしう、さやうにてあるべき女ともあらず」みえたからであった。それは、男からいえば、えびす心の現れで、どうにもしようがない、という行動だったわけだ。

えびす心というのは、直訳すれば、蛮人心ということだから、「桑子」の女のような、単純に、田舎田舎した心、というのではない。みやこ風もいなか風も合わせて、それと対立する異質な心情をみせられた、というのだ。だから、人の妻という資格の女が、信仰的な民俗的風習として、訪れびとである男と、きまったかかわりを持つ、という行動において、業平を納得させせないものがあった、というわけなのだ。

——どうも変だな。これは、常の風習に従って、交情を続けていくわけにもいかないな。

と、業平に思わせたのだから、おそらく、都風のしきたりでは、完全に、業平一人に奉仕すべきはずなのが、そういう期間に、平常の妻の座に戻ってしまったり、あるいは、また別の男とも、交渉を持っている、ということなのだろう。だから、そういうえびす心の女とは、やまとびととしての、色好みの道が立たない、ということを、みてとった、というわけなのだろう。

だから「信夫山」の歌は、そういう、男の軽蔑した、ひやかしの心を隠したものとして、業平は与えているわけだ。そういう風に受け取らなければならない。

この信夫の里の信夫山のしのぶではないけれども、そっと、女の本心がみてみたいな。

本心放埒というわけでは、まさかないんでしょうね。

というぐらいのところだろう。

ところが女の方は、まさに「本心放埒」で、男女関係の倫理が違うのだから、そういう皮肉とは受け取らない。

——わたしのことをどう思っているのか。あなたの本心が知りたいものです。

そういう男心の披瀝《ひれき》を、いかにもその里にふさわしく、信夫山、とまず初句において、展開したのだから、この歌を受け取った女は、「限りなくめでたし」と思い、男への関心をあらためてそそられたのだが、男の方は、えびす心をみとってしまったから、もはやどうしようもなかった、というわけだ。

こんな風に解釈すれば、およその話の位置がきまるだろう。

つまり、「身をえうなきもの」に思い做《な》して、あづまへくだって行った旅ではあったけれども、それが、業平という人物にとって、色好みの道を完成するための、辛苦の期間であったとすれば、当然、あづまにおいても、さまざまの女たちを、それぞれ、処理しなければならなかった。

入間の郡の、プライドの高い母のめがねに叶った聟としての処理
栗原の郡の、笑うべきひなの女の処理
信夫の郡の、えびす心の女の処理

業平の恋愛履歴に、こうした女性たちを加えることが、編者の意図であった、ともみられるであろう。

なおいうべきことは、塗籠本が「さがなきえびす所にていかがせん」と替えていることであって、こうなると、女がどうにもしようがなかった、ということになる。えびす所は、いわば蛮地、とでもいうべきことで、女には、業平の真情がわかって、なんとか、と思ったけれども、土地がらからいってどうしようもなかった、ということになる。すると、はじめの、

「なでふことなき人の妻」という修飾句のかかりがきまってきて、これは、「なでふことなき人」の妻であって、人の「なでふことなき妻」ではない、ということになる。つまり、なんということもない、とりたてていうほどの取り柄もないところの、という修飾が、人にかかるのか妻にかかるのか、という、きめかねるかかりのゆれは、夫の方は平凡な男で、それに比べては、女は多少なりとも取り柄があった、ということになるわけだ。

もう一つ、付け加えておく。

あづまには、こうした、えびす心、あるいはえびす所というように、都の人にみられる面ももちろんあったのだが、平安朝も、もう少しくだってくると、あづまびとはやまと歌が上手だという評価ができてくる。都の今風に対して、あづまはなんといっても古風であって、そこには東歌以来の伝統があって、古典的な生活がある、というように考えられてくる。源義家《よしいえ》と、安倍貞任《あべのさだとう》・宗任《むねとう》兄弟とのやりとりの伝えには、例の、衣川《ころもがわ》の館《たて》のかけ合い、

衣のたてはほころびにけり　　義家
年を経し糸の乱れの苦しさに　　貞任

だとか、宗任に、梅の花を示して、花の名を問うた時に、宗任が、

わが国の梅の花とは　見つれども、大宮びとは　何と言ふらむ

と、やまと歌をもって答えたとか、こういう伝えは、すべて、あづまびとは歌がうまい、というところから生れてきた伝承である。

さすがに、在原業平を、歌でへこましたあづまびとは、まだ『伊勢物語』には、登場していない。

ところが、墨田川の船中で、人々を泣かした業平のあとを塗籠本だけが、「その川渡り過ぎて」追って行ったが、みちの国の場合でも、塗籠本の業平は、「えびす所」にまだぐずぐずしていた。普通の『伊勢物語』では、とび離れて、百十五段、百十六段とに、みちの国の話があるが、塗籠本は、その中の百十五段の方を、「信夫山」の歌の段の次に、排列しているわけである。

昔、みちの国に、男住みけり。
都へ往《い》なむとするに、女、いとかなしと思ひて、馬のはなむけをだにせむとて、沖の井、都鳥という所にて、酒飲ませむとして、

おきのゐて、身を焼くよりもわびしきは、都鳥への　別れなりけり

とよめりけるにめでて、とまりにけり。

この文章は、塗籠本によってみたが、それでも、こうときめてあらためたところがある。要するに、沖の井という大地名の中の、都鳥という小地名とみて、歌では、都鳥において の別れではないが、都への別れといっているのと、もう一つ、沖の井という地名をこめて「燠《おき》の居て」といっている。それだけの技巧であるが、男は、その歌に賞でて、出発を見合わした、というのである。

細部にはいろいろ問題があるが、塗籠本の編者が、百十五段を切り離してここにはめこむと、また、別様の効果が出てきて、よくいえば、歌物語のおもしろさ、悪くいえば、歌や歌物語の解釈のゆれ、といったことに気付かされる。

こうして、旅にある業平の、第三の業平は、限りなく増大していく可能性がある。

一一 どくろ問答

在原業平の旅は終った。また、業平とおぼしき人物の旅も終ったようである。しかし第三の業平、伝説の世界を出入する業平の旅は、まだ終っていない。彼は忽然として「奥州八十島」（所在不明）に現れている。今その伝えを、『史籍集覧』所収本の『古事談』によって書き記しておこう。

＊

業平の朝臣《あそん》は、二条后を盗み出して逃げ去ろうとしたところが、后の兄弟たちが追っかけて来て、これを奪い返し、その時、業平のもとどりを切った。それで業平は、髪の毛の生えるまでの間を、歌枕をみて来るといいふらして、関東に向って出発した。このことは、『伊勢物語』に書いてある。

その後、奥州八十島に行って宿をとったところ、野原の中で、なにものと知れず、和歌の上の句をよみあげる声がした。そのことばというのが、

秋風の吹くにつけても　あなめあなめ（秋風之毎二吹般一穴目々々）

というのである。声を求めて行ってみたが、人影はなく、そこにはただ、一つの髑髏があるだけだった。

翌朝、もう一度そこへ行ってみると、髑髏の目の穴から、薄が生えて出ていた。その薄が風に吹かれてなびく音が、昨夜、歌のことばとして聞えたのであった。

あやしいことだと思っていると、ある人がいうのには、「小野小町がこの国にくだって来て、ここでなくなりました。あの髑髏は、その小野小町です。」といった。業平は、しみじみとあわれを感じて、下の句を付けた。

小野とは言はじ。薄生ひけり

その場所を小野といった。

＊

この話は、なんともふしぎな話である。

説話のたねとしては、髑髏の目から、ある種の植物が生えて、その苦痛を、髑髏が訴え、訴えられた人がそれをぬいて供養してやった、という型があって、それにはすでに古く『日本霊異記』に、髑髏の目から「笋《たかんな》」が生じていた話が出ている。

その説話に、連歌式の問答が加わり、人も単なる野中の髑髏だったものが、小野小町となり、場所も奥州となり、相手も業平となっていったものらしい。それらの説話のいくつかと、その類話を載せている書物の名を、『大言海』が、「あなめ」の項に、かなり詳しく説いている。

右に掲げた『古事談』の説話は、それを業平側の話としてとり込んだところに特徴がある――『江家次第《ごうけしだい》』も在五中将を主にしている――が、ここに到ると、髑髏の主が小野小町で、植物は薄一本、そして連歌式の懸け合いが、死せる小町と生ける業平との間で行われ、しかもその場所が、奥州である。

小野小町は、その生れたところ、死んだところ、あるいは葬ったところが全国に何十となくあるのだから、その一つ一つの真偽など、調べる理由さえもないが、業平の場合と同じく、実在の小野小町と、小町と思われる女性と、さらに小町にはまったく責任のない伝承の女としての小町と、三重の人物像の輪があるが、かなり有力な、いわば第三の小町の主流に、奥州の出身（出羽郡領の娘）説があり、従って、その人生の終末を、みちの国へ持っていこうとする傾向はかなり濃い。

小町の執念がその死んだ場所にのこっていて、たまたま、同好の士というか、語り甲斐がある相手というか、業平が偶然来合わせたのに触発されて、鎮まらざる霊魂が出現したというわけである。

おそらく、目から生えていたのが、一本の薄であったということには、意味があるだろう。大勢の「小野小町」、たとえば、小野神の信仰宣布に参与した下級の宗教家を考えると、その人々が、手《た》ぐさとして手に持って、その身の素性を示したものが、薄だった、ということになるのだろう。八百比丘尼《はっぴゃくびくに》の椿、熊野比丘尼の梛《なぎ》、などの一類とみるべき植物であろう。

この二人のやりとりの連歌はよくわからない。「あなめ」は、『大言海』流の語原説明では、「あな、目痛し」の略だということになるが、あなめいたし→あなめいた→あなめというように、形が変化したというよりも、目の穴をつき通して、植物が生えたことを、『霊異記』でも「有㆓呻音㆒言、痛㆑目矣」と訴えているのだから、「あな、目」とは、「ああ、目が」といった、髑髏の訴えの型であろうと思う。ただ、「秋風が吹くにつけても、（薄がゆらいで）ああ、目がいたい、ああ、目がいたい」というだけの長句では、小野小町らしい奇智がなさすぎる。もう一つ、なにか隠れた理由がありそうである。もっと時代がくだってくれば、九十九夜、深草少将《ふかくさのしょうしょう》を通わせて、これを許さなかった小町は、女としての身体に欠陥があったということになってくるが、その民間説話を背景にしているとは、まだまさかいえないであろう。

業平の短句の方も、解釈は厄介である。『古事談』の「件所ヲ小野ト云ケリ」という説明も、わかったようでわからない。小野という地名を踏まえて「小野とは言はじ」と業平が受けたこともはっきりしない。地名の小野まで関係させてくることもあるまい。

前句で、小野小町が、自分の素性を明かしていないのだから、それへの答えとしては、小野小町の名は表わさなければならない。しかし、はっきりそれとはいわないのが、答えとして上等だとすれば、「をのとは言はじ」というのには、小野小町の名をひっかけながら、別の意味が表面になければならぬ。

歌舞伎芝居などで、「当然のことだ」「あたりまえのことだ」という台詞に、「おんでもないこと」というのがある。これは「をのでもないこと」だと、先師折口信夫に聞いたのが、この解釈の、わずかな手がかりである。つまり、あなたは小野小町の髑髏だということだが、そのをのではないが、そう仰言るのも、まことにもっともなことだ。みれば目の穴には、薄が一本、生えている。「あなめあなめ」と訴えるのも当然で、さぞかし、辛かったことだろう。

こんなことにでもなるかと思う。

ともかく、業平は、その旅に、同じ六歌仙の一人、小野小町の浅間しい姿に逢った、ということになっている。

実の人生における二人のやりとりは、伝えられていない。歌人としては、年齢からもその活躍の時期からも、やや小野小町が先輩だったようである。『古今集』に、題知らずの恋歌が、偶然、業平・小町と並んでいて（恋三）、それを『伊勢物語』の編者は、やりとりの歌にとりなして、語句をやや替えて、第二十五段を形成している。

題しらず　　業平の朝臣

秋ののに、ささわけしあさの袖よりも、あはで来し夜ぞ　ひぢ勝りける

小野小町

見るめなきわが身を　うらと知らねばや。かれなで　海女《あま》の足たゆく来る

洛中洛外業平地誌

一　惟喬親王の伝説

在原業平が誕生した天長二年（八二五）は、在原家にとっては、久しぶりに明るい春を迎えた年であった。この年の生誕ということは、四人の兄たちの場合に比べて、おそらくもっとも明るい慶事であったろうし、この五番目の男子は、家族をあげての祝福を受けただろうと思う。——もっともここで「在原家」といってしまうのは、やや不正確ないい方であって、その時はまだ、在原家は設立されてはいなかった。

それはともかく、その前の年、天長元年（八二四）に、業平の父、阿保親王は、十五年ぶりに京に帰り、従って、天長二年は、十五年ぶりに京において春を迎えた年であったのである。そして、阿保親王は翌天長三年、表を奉って賜姓を願い出ている。

於ㇾ是、詔㆓仲平・行平・守平等㆒。賜㆓姓在原朝臣㆒。——業平卒伝

これによって、在原家がはじめて起ったということになる。

阿保親王が京を離れたのは、父の平城天皇と薬子《くすこ》との、いわゆる薬子の乱に連座して、その処理として、大宰員外帥《だざいいんがいのそち》に落されたためである。この時のことは、親王の薨伝によると、

弘仁元年、太上天皇（平城）心悔、而有二入レ東之謀一。親王、坐二此倉卒之変一、出大宰員外帥。

とある。この事件によって、平城天皇は薙髪《ちはつ》、薬子は自害、皇太子高岳《たかおか》親王は廃太子となった。

阿保親王は、承和九年（八四二）、五十一歳をもって薨《こう》じた。この年はいわゆる承和の変のあった年で、親王はまたこの事変にも巻き込まれかかっている。

この年、嵯峨上皇崩御、皇太子恒貞《つねさだ》親王廃太子、続いて道康《みちやす》親王（後の文徳天皇）の立太子、そして間もなく阿保親王が薨じている。承和の変の陰謀が発覚したのは、親王の密告が端緒であったところから、事件落着後、旬日ならずして親王が薨ぜられたことについては、親王の伝を叙述された金田元彦氏も、「ひとつの疑問が残る」といっておられる（業平の系譜―阿保親王―）。

それはともかくとして、奈良朝から平安朝にかけては、皇位の継承にあたって、ほとんどの天皇の場合にも波瀾があって、廃太子が出ている。その面からみると、この承和の変というのも、廃太子を加えた事件であったが、注意すべきことは、こういう形での「廃太子」ということは、道康親王の立太子、続いて文徳天皇即位をもって終り、これ以後は、事情が変って、立太子をめぐっての争いが、皇位継承に際して表面化してくる。すでに、道康親王擁立の背後に、母の順子、その兄藤原良房、その父藤原冬嗣の顔が隠顕している。つまり、外戚の北家の藤原氏の存在が、クローズ・アップしてくる。

そして、承和以後、皇位継承を中心としては、立太子をめぐる外戚の争い、ということが、常に起った、あるいは起ったと伝えられる事件になっていった。

そして、そういう宮廷をめぐる暗闘に、わが在原業平の参加が伝えられている。つまり、『伊勢物語』の作者は、業平の背後に、そういうことの動きがあるようにほのめかし、『伊勢物語』の読者は、そういう作者、あるいは編者の手にのって、やや、誇大にそのことを歴史的事実として受け取ってきたようである。

すでに述べてきたように、業平の東下りの原因となったことにも、そういう事情が背後にあるように思わせられる上に、殊に、『伊勢物語』に伝えられた、惟喬親王を中心とする業平に関する消息について、皇位継承の事件を持ち込んで、解釈しようとしている傾向が生じている。

惟喬親王について、一般に伝えられていることは、こうである。

文徳天皇即位にあたり、第一皇子の惟喬親王は歳七。天皇の愛情も深く、当然、皇太子たるべき皇子であった。しかし、実際には、即位の後、五日にして誕生した第四皇子、惟仁親王が皇太子となり、後、九歳にして清和天皇となった。

生れて九か月にして、第四皇子の立太子、というのだから、このことはたしかに異常な事例で、当然、その背後には、外戚の藤原氏の無理押しがあった、ということは考えられるが、それが、烈しい立太子の争いの結果であったということとは結びつかない。現に、惟喬親王の母、紀氏出身の静子は、文徳天皇の更衣であり、その父、紀名虎は、惟仁親王生誕の前年になくなっている。冷静にみて、実は立太子の争いなどは起りようはなかったと思う。

それがやがて、伝承・説話の世界では、惟喬・惟仁の東宮争い、あるいは、位争いというように進展し、名虎を一方の立役者として、烈しい争いの説話へと飛躍していく。

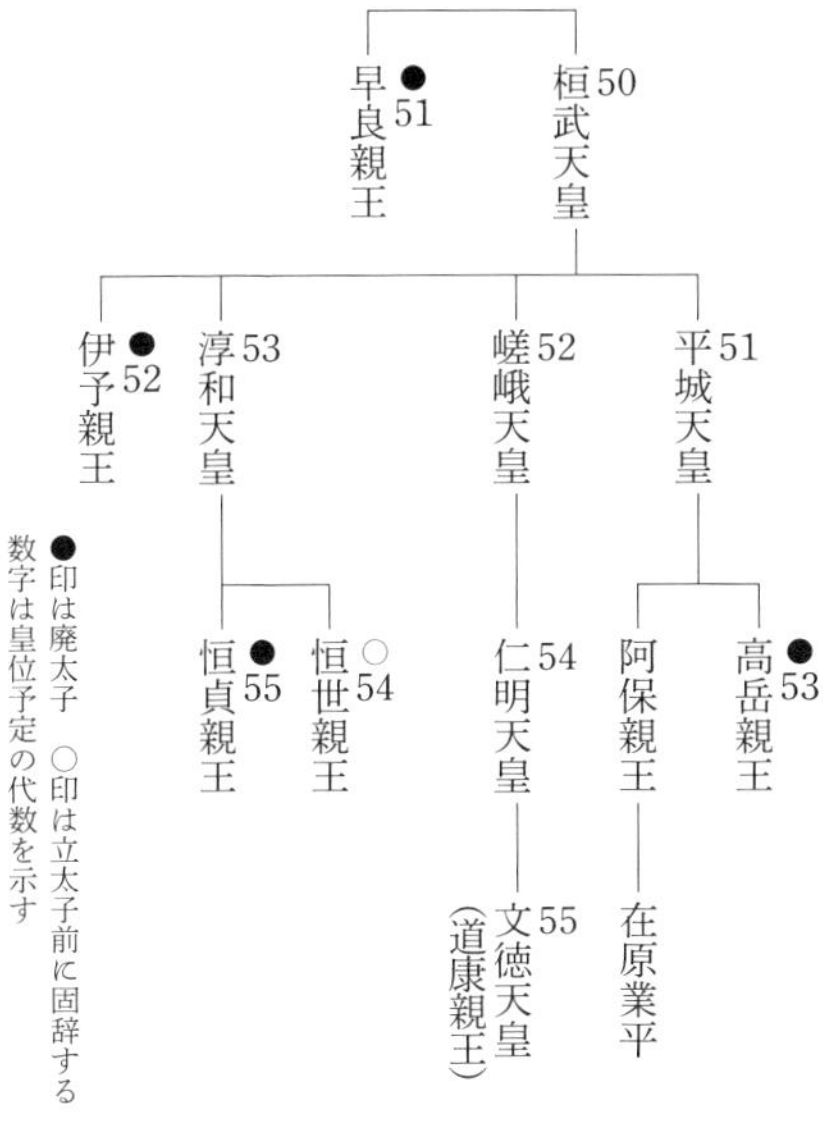

第五図　平安初期皇位継承の図

大江匡房《おおえのまさふさ》の『江談抄』に、「天安皇帝《文徳》、有下譲二位于惟喬親王一之志上事」という章があり、真済《しんぜい》僧正が惟喬側の、真雅《しんが》僧都が惟仁側の、それぞれ護持の僧となって、互いに祈念した、ということが書かれているが、これが、この争いの伝承記録としては、ほとんど一番早くみられるものである。
これが『平家物語』となると、「名虎」という章が巻八に一章たてられているほどに、はでな位争いとなり、競馬で争い、相撲で争い、遂に、真済・恵亮《えりょう》（真雅僧都は恵亮和尚となっている）との祈念の争いとなって、惟仁側が祈り勝ったということになっている。しかも、惟喬側の相撲人としては、なくなっているはずの名虎自身が出場している。

そして、『曽我物語』も、この「惟喬・惟仁の位あらそひの事」を伝え、争いに敗れた結果、惟喬親王は、そのまま「比叡山の麓、小野といふ処に、とぢこもらせ給ひける」ということになっている。

もちろん、惟喬親王の小野隠棲は、ずっとあとのことで、貞観十四年（八七二）、歳二十九のことであって、それまでの親王の官位は、決して不遇というべきものではなく、これをもってしても二十数年前の立太子に敗れたことが、入道、隠棲の原因とは考えられないであろう。

承和の変以前の廃太子に関係した人々は、清和天皇の頃からはっきりと、御霊として、その怨念を表わすのだが、それ以後の平安朝においては、皇太子となることの争いを中心に、宮廷の筋にたたっていく怨霊の発動という型ができていく。

その中で、もっとも有名なものは、村上《むらかみ》天皇の皇嗣の争いであった。藤原元方《もとかた》の女、祐姫《すけひめ》の御腹の広平《ひろひら》親王が、藤原師輔《もろすけ》の女、中宮安子《やすこ（あんし）》の御腹の憲平《のりひら》親王に敗れ、憲平親王が冷泉《れいぜい》天皇となった。ところが、元方の霊がたたって、冷泉天皇は「邪気おはしまし」、即位の大礼も大極殿で行うことができなかった、という（神皇正統記）。そして冷泉天皇のあとは、花山《かざん》天皇の出奔、三条《さんじょう》天皇の眼病ということで、この筋は絶えてしまっている。

そしてこれが、皇位継承にあたって敗れた外戚（親王の外祖父）が、皇位についた天皇とその筋にたたっていく、という、一つの典型的な、「型」を生んだ。そして、この「型」が、歴史の事実に先行していく、という傾向がみられる。つまり、左の図によれば、A1という人物が、B3・B4・B5にたたっていく、という形に簡易化していけるわけだが、こういう「型」が、逆にさかのぼって、惟喬・惟仁の存在に、働きかけていった、といえるようである。惟喬親王にまつわる伝承にも、おそらく、時とともに次第に明確になってきた「型」の、逆投影のようなものが考えられると思う。

同時に、皇位継承の争いを、伝承的説話としてでなく、人情小説風に物語化したものに『宇津保物語』がある。『宇津保物語』は長篇小説であるから、その主題は、その一部に取り入れられているのだが、後半において、上中下三巻を形成する「国譲」の巻の、主要な主題の一つと

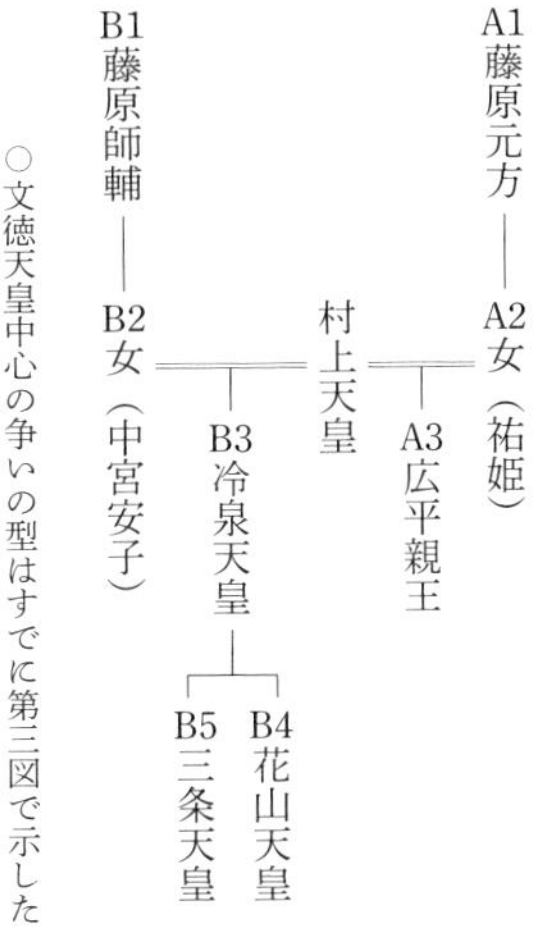

○文徳天皇中心の争いの型はすでに第三図で示した

第六図　皇位継承にまつわる怨霊の発生と祟りの「型」

なっている「国譲」という名は、『枕草子』のあげた物語の名の中にみられる名であるが、それはいわゆる「散逸《さんいつ》物語」とみられているものである。わたしは、『宇津保物語』の「国譲」の巻などは、決して、『源氏物語』や『枕草子』に先立つものではないとみているので、あるいは清少納言のみた、中篇小説「国譲」が、長篇小説『宇津保物語』の中に、流入、溶解したかとも思われるが、それはともかく、名虎・惟喬説話の進展には、こういう作り物語とも、相互に影響し合うものがあっただろうと思われる。

二　洛南　長岡・大原野

『伊勢物語』を形成している個々の説話の多くを、今までに述べてきた在原業平の背景を考えながら、その人生の分断された短篇とみて、業平の人まじらいを、洛中洛外のところどころに、探ってみたいと思う。いわば、洛中洛外に限定した、『伊勢物語』に拠る、業平の名どころである。——この場合、名所《めいしょ》というと多少概念が固定するので、避けておきたい。——ことわっておきたいことは、日本の旅人としての業平の記録としては、日帰りのような、ちょっとしたごく近間の出歩き、といったことを、「旅」として扱うのは大げさなようであるが、平安朝の上流貴族にとっては、それも「旅」でないこともない。他所へ行って泊れば、それは一泊でも旅寝であった。そういう観点に立って『伊勢物語』をみると、業平は意外に、あちこちに、こまめに出かけて行っている。

＊

竹村俊則氏の『新撰京都名所図会』は名著というにふさわしいものだ。近年、わたしの京都の旅には、手放したことがない。東京者のわたしなどは、思いがけない、とんちんかんな、方向おんちや地名のとり違えをしたりすることがままあるのだが、この頃は同書のおかげで、見落しやむだ足をしないですむようになった。

同書によると、吉田山《よしだやま》の山頂、竹中稲荷社《たけなかいなりしゃ》の北背後に、在原業平塚があるという。「地表に一間四方の柵をめぐらすのみで、業平の奥城《おくつき》と伝える」とある。そして「近年この地が業平塚と称せられるに至ったのは、『山城名勝志』所引の『暁筆記』に『遺詞にまかせ、東山吉田の奥にをくり納めて、廟をつくる』とあるによったものである。」と説明がある。業平の墓所として、まずここをあげておきたい。

『伊勢物語』の「昔、男ありけり」の男が、次第に、実在の業平と重なっていってから振返ってみると、第一段に登場する男が、初任官をして奈良へ出かけて行ったのは、在原家の五男としては、ちょっとひっかかるものがあるのを感じる。奈良へ行ったというのは、春日神社へ、氏人として参拝しに行ったのだろうから、そうすると、第一段の男は、藤原氏の氏人ということになってしまう。この点は、『伊勢物語』を、業平の一代記として編集した編者は、そこを矛盾なく考えていたのだろうか。このことは、どうしてもはっきりとは解けない謎だと思う。

ところで、東山吉田の奥に葬ってもらいたい、というのが、伝えのごとくに業平の遺詞だったとすると、そこに微かに、右の謎を解く鍵がひそんでいるのではないかと思う。それも、ほんの微かな筋にすぎないが、吉田神社はもともと春日神社の神を勧請《かんじょう》した社であって、後に、藤原道長《みちなが》が当社をもって氏神とした社である。しかも、平城京の春日神社に対して、長岡京に春日の神を勧請したのが大原野《おおはらの》神社であり、それにならって平安京に勧請された神の社であるところから、祭祀奉幣の礼は大原野神社に準じていた。そして、大原野神社と、その鎮座の地を中心とした周辺は、以下、筆を進めるごとく、業平とは深いかかわりを持ったところである。三題噺《ばなし》のようであるが、『伊勢物語』という説話集成立のかげにあるなにかを、この、吉田山の業平塚が語ろうとしているのではないかと思う。

＊

さてその大原野が、洛南における業平の名どころであって、さらにそれはすぐ隣の摂津《せっつ》の国へも、川の向うの河内《かわち》の国へも、連なっていく。

ところで、われわれ関東ものには、土地勘がないために、ここの大原野と、例の大原女で名高い、洛北の大原（左京区）との区別が、久しく実感的にこなかった。先輩の諸注釈の中にも、迂闊《うかつ》な混乱が、なきにしもあらず、であった。

ことに、洛北の大原は、短歌や俳句などでは、オオハラと四音によんでいるが、大原女の場合はそう書いてオハラメであり、しかもこの地を「小原」と書いている。

この、同じ場所で、大原・小原の混用がみられるのは、奈良県飛鳥《あすか》の、今「小原」としている土地がそうであって、『万葉集』によれば、天武《てんむ》天皇の夫人の「大原夫人」のおられた土地はオオハラである（「オオハラの古《ふ》りにし里」と歌にある）。この現象に似ている。

ともかく、こういうこともあるために、洛北洛南の同じ大原が、われわれに混乱を起すのも無理からぬところだが、的確な説明を聞きたいものである。

大原といい小原というのは、もとは地形・地勢に由来する地名だが、その大小は、相対的なことだから、現地の状況だけではなんともいえない。しかし、今の大原野は決して大原という地形にふさわしくはない。もとこの地は「入野」といったというが、その名の方がふさわしい。

今この地には、大原野神社があり、また入野《いりの》神社があるが、伝えによると、入野神社はもと、大原野神社の現在地にあり、その頃の御旅所が、今の入野神社の場所であったという（竹村氏『図会』による）。そうすると、春日の神が、長岡の京の守護神として勧請された時に、この新来の神は、地主神の社であった入野神社の地を占拠し、入野神社は現在地に移ったものであろう。今、入野神社の祭神は、大原野神社と同じ春日の神であるが、あるいはもとは、今、大歳《おおとし》神社の神となっている栢森《かやのもり》大明神であったかもしれない。栢森は、飛鳥川の上流にあって、出雲《いずも》の神奈備《かんなび》の神の一柱が移って来て、まず拠ったところだが、出雲の神奈備の神の移動には、約束的に、大歳神社・御年神社が随伴しており、この大原野にも、現に両社が祀られている。出雲の神奈備の神の一柱は、葛城《かつらぎ》から移って、平安京の賀茂《かも》の社に鎮まったが、それと似た神の移動が、ここにもあったのではないかと思われる。

そうしたあとに移って来た春日の神を考えると、その大原野（もしくは単に大原）という名は、あるいは、聖水を管理した藤原氏の最高の巫女の出生地の名に、糸をひくところがあるかもしれない。

この地域の内にある十輪寺《じゅうりんじ》の、本堂のうしろの丘の上に、在原業平の塔と称するものがある。もとは現在地よりも下の場所にあったが、これも業平の墓と伝えている（大日本地名辞書）。そしてこのあたりが、業平閑居の地であったと伝える。

十輪寺は山号を小塩《おじお》山といい、その付近の部落を小塩という。しかし小塩山という山は別にあって、この小塩の部落とは離れて、大原野神社の西方にある。そこには、淳和天皇の御陵がある。

大原や。小塩の山も、今日こそは神代のことも、思ひ出づらめ

これは、例の二条の后（高子。清和女御、陽成母）が、氏神の大原野の社に詣でた時に、御車の中におられた后に、業平が奉った歌と伝える。歌は、『古今集』雑歌上に、業平の歌として

載っているが、編者が雑歌に分類しているところからみても、これは、近衛府の武官であった業平が、神事の歌としてよんだもので、尊い、藤原氏出の后の行啓の日に、神も、昔のことを思い出しているだろう、という祝言の意をこめた歌であるが、『伊勢物語』では、業平を、業平を思わせる人物（近衛府に候ひける翁）にして、二条の后とのことを読者に思い出させるので、「神代のこと」は、二人にとってのそのかみのことども、を寓している歌として、働いてくる。また、そういう効果をねらっているのが、『伊勢物語』の編者である（第七十六段）。

ところで、十輪寺の業平の塔に関連して、「彼が難波（大阪）から潮水を汲みよせて塩を焼いたという塩釜の址や潮溜池《しおだめいけ》（一に潮汲池《しおくみいけ》）と称する小池などが現存する」（竹村氏『図会』による）という。業平の生涯からいって、源融を思わせるような栄華があったとは思われないが、これはあるいは、『伊勢物語』に、源融の河原院《かわらのいん》の宴に参加した業平（そこにありけるかたゐ翁）が、

塩釜にいつか来にけむ。朝なぎに釣りする舟は、ここに寄らなむ

とよんだ、と伝えている（第八十一段）話などに、端を発するものだろうか。

それはともかく、業平の墓はもう一つこの地にある。それは、入野神社の西にあるもので、主としては、業平の母、伊登内親王の墓と伝えるものだったらしいが、三つの五輪石塔があ

って、中央を業平の母、右を業平の父、阿保親王、左を業平の墓と称している。そして、阿保親王と業平とはいかにもお付き合いのようであるが、伊登内親王の墓がこの地にあるのは、この石塔そのものの真偽は別としても、ふしぎではない。

昔、男ありけり。身は賤しながら、母なん宮なりける。その母、長岡というところに住み給ひけり。子は京に宮仕へしければ、まうづとしけれど、しばしばえまうでず。ひとつ子にさへありければ、いとかなしうしたまひけり。さるに、師走ばかりに、とみのこととて、御文あり。おどろきてみれば歌あり。

　老いぬれば、さらぬ別れのありといへば、いよいよ　見まくほしき君かな

かの子、いたううち泣きてよめる。

　世の中に　さらぬ別れのなくもがな。ちよもといのる　人の子のため

業平の母、伊登内親王は、桓武天皇の皇女であるから、甥にあたる阿保親王と結婚したことになる。そしてこの詞の部分に、業平は「ひとつ子」であったとある。塗籠本は「ひとり子」であるが、要するに、在五中将といわれる業平は、阿保親王の五男ではあったが、伊登内親王は業平一人の母であった、というのであろう。前章でも述べたごとく、阿保親王が十五

年を大宰府に過ごして戻って来た翌年の誕生であるから、親王の都への帰任とともに、その結婚は成立したのであろう。業平の兄たちが、伊登内親王を母としていたとすると、内親王ははるばる九州までくだって行っていなければならないので、それはおそらく考えられないと思う。

ただ、父の桓武天皇は、大同元年（八〇六）に七十歳でなくなっておられるから、内親王誕生の折の年齢を、可能な範囲で双方から持ち寄れば、父天皇の、五十五歳の折の誕生、とかりにきめてみると、結婚三十四歳、夫君に五十二歳で別れ、七十一歳で薨ぜられたということになる。そして、ひとり子の業平を三十五歳で生んだことになる。もちろん、まったくの仮定であるが、一つの筋をみとおすことができよう。

伊登内親王が、相当以上の広大な私有地を持って、裕福な暮しにあったらしいことは、すでに諸家の説くところである。おそらく長岡には、内親王の承け継がれた別業《べつごう》があって、夫君の薨後は、そこにおられたものと思う。業平は「とみのこと」といってお手紙を受け取った。その手紙にあった母の歌に、返しの歌を作ったとあるが、例の塗籠本では、母宮の歌の次に、

となんありける。これをみて、馬にも乗りあへず参るとて、道すがら思ひける。

『古今集』では、雑歌の中に排列した「老いびとの歌」――宴会に登場してあるじの健康を祝福するための呪歌に発した歌――の一首として、業平の歌をあげているのだが、塗籠本の文章にまで変化すると、これもまた、別種のおもしろさが出てくる。

なお、この歌は形の変化が多く、

ちよもとなげく・ちよもといのる・ちよもとたのむ・よそもとなげく

など、さまざまである。先師折口信夫は、「ちよもと」などということばは、京都あたりの料理屋の名にちょうど適切だ、と冗談口をたたいた（第八十四段）。

それはともかく、『伊勢物語』では、第五十八段にも、業平とおぼしき男が「長岡といふ所にいへ造りてをりけり」とあるので、長岡の京のあとあたりから、大原野へかけては、有力な、業平の名どころといえるだろう。

三　洛南　水無瀬・交野

大原野は、昭和三十四年（一九五九）に京都市に編入したが、もとは、山城《やましろ》の国乙訓《おとくに》郡に属していた。その乙訓郡は、南は摂津の国三島郡に続いており、その三島郡は、東南方向に、河内の国北河内郡に、淀川をへだてて相対している。そして、この三つの国が、近々と相接しているところに、業平の名どころが点在している。すなわち、三島郡には水無瀬《みなせ》があり、北河内郡には、渚《なぎさ》の院の址や天の川などがある。そして、これらは『伊勢物語』においてはすべて、惟喬親王と業平との関係の話に結び付いている。

その前にもう一つ、蛇足のようであるが、水無瀬からもう少し淀川をくだると、支流、芥川が、高槻《たかつき》の西を流れて来ている。この芥川が、業平東下りの要因を作った事件のようにみられている、例の、二条の后の掠奪事件の話に出てくる芥川だとする説がある。

昔、男ありけり。
女の、え得まじかりけるを、年を経て呼ばひ渡りけるを、からうじて盗み出でて、いと暗きに来けり。
芥川といふ川を率ていきければ、草の上に置きたりける露を、かれは何ぞとなん男に問ひける。

この芥川の名が印象的で、この段（第六段）を芥川の段と普通呼んでいるのだが、それにしては、どこと、説は定まっていないのである。

これには二説あって、宮中からそとへ流れ出る下水のような水流をそれだとする説と、摂津の国三島郡の中の、ここだとする説とである。物語の内容をリヤルにつじつまを合わせようとすると、芥川をここととすると、距離が遠すぎるという難が出てくるが、『伊勢物語』の説話を業平一代記に結び付けて、合理的に説明しようという傾向を、特に強く打ち出している契沖は、その『勢語憶断《せいごおくだん》』で、ここの芥川とする説を採り、それを裏付けるために、業平の伝承する私有地の所在を説いているくらいである。

ともかく、なんの変哲もない小流であって、お隣の丹波《たんば》の国南《みなみ》桑田《くわた》郡《ぐん》田能村《たのうむら》（注）現大阪府高槻市田能）に発する二十キロほどの支流だが、一つの知識として、あげておいてもむだではあるまい。

*

ところで、水無瀬の名が、日本文学史上に普及したのは、後鳥羽《ごとば》上皇以後が特に著しいようだ。ことにその歌、

見渡せば、山もと霞む水無瀬川。夕べは秋　と　何思ひけむ

が、水無瀬の名を高からしめたと思う。しかし、地形の上からいっても、当然、早くから印象にのこるところであったろうと思う。

淀川をさかのぼって、摂津・河内の方から、水路によって、大和《やまと》・山城の方に進む場合、

両岸が相迫って、男山《おとこやま》と天王山《てんのうざん》とを右左に、隘路《あいろ》を形成している場所の、まさに喉元を扼しているところであったし、山城の方からいえば、淀川の右岸、乙訓郡のどんづまりの山崎《やまざき》から、三島郡にはいると、そこに水無瀬があり、そのあたりから、淀川西岸がやや広くなっていく。古くは、みなせ野といった原野が拡がっていた。ことに、桓武天皇の有力な外戚として栄えた、百済王氏の本拠地が、対岸の目と鼻のところにあったためもあってか、桓武天皇・嵯峨天皇などの、水無瀬の遊猟は、史書にも、その記録をとどめている。

その頃の史書などには、みなせは、水生・水成・水成瀬・皆瀬等、さまざまに記されている。水無瀬川といえば、一般名詞としては、水流が途中で地下水となってしまって、ふだんは河川敷に水のない川のことだが、ここに現にある水無瀬川の名が、それによる名か、いろいろの表記の中から偶然のこっていった表記だったのかは、軽々しくは定められない。

『大日本地名辞書』によると、「城州大山崎村と相接し、世俗通して山崎駅と称す」とある。そして別に、「寛平菊合曰、名所一番、山崎皆瀬菊」と引用している。『辞書』の執筆者は、山崎と水無瀬との関係を、暗示しているのだろう。そして、『伊勢物語』でも「山崎のあなたに、水無瀬といふ所に……」という、紹介の仕方をしている。作者は、平安京に身を置いている立場で書いているのだから、「山崎のあなた」である。

後の『土左日記』では、水無瀬のことは出てこない。貫之《つらゆき》は、船を山崎に着け、ここで京都からのくるまの迎えを待ち、上陸して、陸路をとって京にはいっている。「山崎のあなた」

という言い方には、京の人々にとって、一つの境として、山崎が受け取られていたのであろう。

そしてその「水無瀬といふ所に」、惟喬親王の宮があったということを、『伊勢物語』は伝えている。

昔、惟喬の親王《みこ》と申す御子《みこ》在しましけり。山崎のあなたに、水無瀬といふ所に、宮ありけり。年ごとの桜の花盛りには、その宮へなん在しましける。その時、右の馬の頭なりける人を、常に率て在しましけり。時世経て久しくなりにければ、その人の名忘れにけり。狩りはねんごろにもせで、酒をのみ飲みつつ、やまと歌にかかれりけり。

第一に、この段（第八十二段）は、書く態度が、『伊勢物語』の中でも、東下りでみてきた説話に比較して、別の類にはいっていることに気が付く。それは、「時」については昔であるが、「人」については、実在人物が固有名詞の名で出てきて、「男」といった、おぼめかした名ではなくなっている、という点である。つまり、主人公の名がわからなくなってしまったほど昔であった、という伝え方をしていた説話法に比べて、これは、どうしても変ってきているとみなければならないであろう。

つまり、『伊勢物語』は、都の物語、宮廷の噂話のような説話でも、「昔、男」というような書き方をしてきたのだが、その中から、主人公を固有名詞で伝えて、紀有常、在原行平、藤原敏行《としゆき》、源至《いたる》、五条の后、二条の后、多賀幾子《たかきこ》、賀陽《かや》親王、というように叙述する説話が出てきて、それらが、『伊勢物語』の中に、次第に第一類というべき古風な説話法のものから離脱してくる筋道をみせているわけだ。ここの、「昔、惟喬の親王と申す御子在しましけり」という書き方も、この話が、『伊勢物語』の中の第二類というべき説話群に属するものであることを示している。——それでもなおこの段などでは、「時世経て久しくなりにければ、その人の名忘れにけり」などと、「昔」という書き出しにこだわって、こんなしらばくれたことを書いているのである。

さらにもう一つ、この段など、話がだいぶ長くなっていることも注意すべきであろう。惟喬親王の話はこの段に続いて、次の八十三段も、地の文がやはり長く、どこまでも歌が中心であるという態度はのこしながらも、次第に次の説話の叙述、すなわち、歌を必要としなくなってくる説話に近づいてきつつあることを示している。

この段でも、水無瀬の宮での桜の花の宴で筆を起しながら、少くともその部分には歌がなくて、右に引用した文章に続いて、話は急に、水無瀬から、川を渡った対岸の、渚の院に移っていってしまう。

今、狩りする交野《かたの》の渚の家、その院の桜ことにおもしろし。

この書き方だと、水無瀬の宮ではじまった花の宴が、引き続いて渚の院に移った、というのではなくて、その時分は、そんな風にするのが常であった、といって切れて、さて今、新たに、と筆を、話の中の現在に進めているわけになる。

そして、渚の院で、有名な、

世の中に、絶えて桜のなかりせば、春の心は　のどけからまし

という歌をよみ、次に、興にのって、天の川というところに来て、そこで二次会をして、「交野を狩りて、天の川のほとりに到る」ということを題にして、これも有名な、

狩り暮し、たなばたつ女に宿借らむ。天の川原に、われは来にけり

という歌をよみ、そして、水無瀬の宮に帰って来て、なお興が尽きず、

飽かなくに　まだきも月の隠るるか。山の端逃げて　入れずもあらなむ

という歌をよんだ、という順序になる。だからこの段は、やりとりの歌三組六首を含む、相当に長い説話になっている。

＊

さて、簡単に、業平の名どころとして、渚の院について、触れておこう。

惟喬親王の出家の年、貞観十四年（八七二）をかりに起算点とすると、その年から六十四年目の承平五年（九三五）、桜の季節にはやや早い二月九日に、紀貫之が船でここを通過して、船上から渚の院を望みみている。

かくて、船曳き上るに、渚の院といふ所を見つつ行く。その院、昔を思ひ遣りて見れば、おもしろかりける所なり。しりへなる岡には松の木どもあり。中の庭には、梅の花咲けり。ここに人々のいはく、これ、昔名高く聞えたる所なり。故惟喬親王の御伴に、故在原業平の中将の、「世の中に絶えて桜の咲かざらば春の心はのどけからまし」といふ歌よめる所なりけり。

この時、貫之は、松と梅との歌を新作して書いているが、もう一つ、川の岸に近い、下の

岸辺に、桜が植わっていたのであろうか。ともかく、船の上からまざまざとみえるくらいのところにあったのだから、渚の院の名もふさわしかったろう、と思うのだが、現在では川岸から、一キロぐらい奥に、渚の院の址と伝える場所があって、石柱が立っている。このあたりの最近の様子は、目崎徳衛氏の『在原業平・小野小町』（日本詩人選6）に詳しい。目崎氏は、渚の院での歌から、その在原業平の記述をはじめておられる。

交野の桜といえば、われわれ、関東育ちのものには、前にあげた『太平記』の、俊基の東下りの道行きの詞章によって、実際の場所の、土地勘などというものと無関係に、知識だけは、早くから与えられていた。例の、

落花の雪に蹈み迷ふ
交野の春の桜狩り
紅葉の錦を着て帰る
嵐の山の秋の暮れ

ではじまる詞章で、われわれは皆争って暗誦したものだった。交野の春に、嵯峨の秋。あまりに型通りではあるけれど、この対照的な春秋の洛外の名所も、栄枯盛衰はそれにもあって、今日この両名所の対比は、春と秋、花と紅葉のそれではなくて、まさに栄枯の命運をそのま

まに、一方は盛に、他方は衰に過ぎている。

この付近一帯は、前にもいったように、帰化豪族の百済王氏の勢力下にあったところだが、それと、惟喬親王との関係は明らかではない。惟喬親王の一生は、暗い、じめじめしたものに考えられすぎており、実際に生きた親王は、さして不幸だったとも思えないのだが、あるいは、水無瀬や交野に、相当の財産を伝領していたのではないかと思われる。

天の川というのは、淀川の小支流の一つで、今、禁野《きんや》という地の中に、その地名をのこしている。

なお、交野の地域が北に行くほどせばまって、北河内郡がほとんど行き詰まりのようになったところに、楠葉《くずは》がある。ここは、伝承の世界からようやく歴史の黎明を迎えようとする境にいる継体天皇が、越前《えちぜん》とも近江とも伝えるみちのくにから迎えられて、大和の皇統を継いだのだが、まっすぐに大和の地域にははいらずに、まず都したところがここだと伝えられている。継体天皇は、武烈《ぶれつ》天皇に到って絶えた仁徳《にんとく》天皇の系統のあとに、応神《おうじん》天皇の五世の孫という資格で皇統を継いだ、まさにその名の通り、継体天皇であったが、ふしぎなことに、迎えられて大和の宮廷のあるじになったのに、ここの楠葉をふり出しに、山城の綴喜《つづき》の郡の筒城《つつき》の宮（ちょうど交野の東、木津川沿いの地）、あるいは乙訓の郡の中、などを点々として、二十年も経ってからようやくにして大和にはいり、磐余《いわれ》の穴穂《あなほ》に宮居している。降臨したニニギノミコトが、くしふるたけにまず憑《よ》り着いたように、来臨した継体天皇が、くすはにまず足掛りを造ったことは、歴史の固有名詞を取り除けば、かなり、類型的伝承の中にはいってしまうだろう。

業平の名どころとしては、余計な知識であるけれど、土地の持つ、古い伝承の息吹きは、知っていて損なことは決してない。

四　洛北　小野の里

『伊勢物語』における惟喬親王は、前に述べた八十二段の桜狩りの旅の後も、たびたび、水無瀬には出かけられたようであり（第八十三段）、そのたびごとに業平は常にお伴の仲間に加わっていたようである（第八十三・八十五段）が、突如として、惟喬親王は、髪をおろして、出家されてしまう。

（業平が）かくしつつ、参り仕う奉りけるを、思ひのほかに、御髪おろさせ給ひて、小野という所に住み給ひけり（第八十三段。塗籠本による）。

理由はわからぬながら、こんな具合にして、親王は隠棲してしまわれた。南の明るい水辺から、北の小暗い山里へ、われわれも親王について、目を洛北の、業平の名どころに転じよう。

春の花に遊んだ明るい『伊勢物語』の記述は、みごとに一転して冬の雪の山里に筆が進んでいく。

正月に拝み奉らむとて、小野にまうでたるに、比叡の山の麓なれば、雪いと高し。強ひて御室にまうでて拝み奉るに、つれづれといともの がなしくて在しましければ、やや久しく候ひて、いにしへのことなど思ひ出で聞えけり。さても候ひてしがな、と思へど、おほやけごとどもありければ、え候はで、夕暮れに帰るとて、

忘れては夢かとぞ思ふ。思ひきや。雪踏み分けて、君を見むとはとてなん、泣く泣く来にける。

昔の人はよく泣いたようだが、業平もよく泣いている。三河の八橋で泣き、墨田川で泣き、またここで泣いている。だから、あまり深刻な悲劇というようには受け取らない方がいい。「忘れては」の歌も、「雪踏み分けて」を文字通りにとると、深い深い山の中ということになるが、夕暮れになってから、うちへ帰れるくらいのところである。それに、この話の時に出かけて行ったのは、正月の行事として、目上を拝みに行く儀礼なのであって、悲劇の主のも

とへ、旧臣がひそかに訪れて、主従相擁して泣く、といったような場面ではない。ただ、都にいて、官に就いておられる頃だったら、正月などは、人の行き来も烈しかったのだろうが、さすがに小野の隠棲の庵室では、そういうこともなく、「つれづれ」としておられるわけだ。しんとした正月、それは、今までと違って、拝みに訪れた人々の心を、そそるものがあったであろう。それだから、

おや、夢かしらん、というような気がしますね。こんな雪の中であなたにお目にかかっているのは、たしかに現実なんですけれども。

という歌が口をついて出てきたのだ。『伊勢物語』では、次に前にあげた、母の内親王とのやりとりの話（第八十四段）をはさみ、次にふたたび、惟喬親王に話は返ってくる（第八十五段）のだが、その話では、小野の庵室に大勢集まって、正月だというので皆々酒をいただいて、酔って、雪に降りこめられてしまっている。そして、「雪に降りこめられたり」ということを題にして、酒宴の興に、歌を作っている。

思へども身をし分けねば、めかれせぬ　雪の積もるぞ　わが心なる

ほんの隙間もなく降っている今の雪、そのために降りこめられてしまったけれども、この雪のように、しょっちゅう逢っているのがわたしの心なのだけれども、しかしそう思っているのはわたしの心で、からだの方は宮仕えがあるので、常にこちらにいるわけにはいかず、それで、ふだんは御無沙汰いたしております、というわけだ。「人目も草もかれぬと思へば」のかれるが「めかる」のかるであって、あうことが離れている状態が、めかるである。それを否定にして、めかれせぬ雪として、題の降りこめられた雪にもってきたところが、この歌の働きである。だから、こういう歌の出る正月の宴会の空気は、決して、じめじめしたものではない。

どうも、惟喬親王の場合は、進展した惟喬伝説の逆投影が、鑑賞を曇らせるようである。それならば、その事実と伝説とを、名どころとして探っていったら、どういう地誌ができあがるだろうか。

惟喬親王隠棲の地は、洛北の小野山の麓。最近すっかり観光地となった、大原の寂光院《じゃっこういん》や三千院《さんぜんいん》よりも手前である。詳しくは、左京区大原上野町の東南に墓があり、そこより北二百メートルばかりのところに、隠棲の地と伝えられている場所がある。『伊勢物語』に、比叡の山の麓とあるのだから、おそらくここらあたりであろう。

ところが、小野という地名は、大野・小野といった地形からくる、一般的な名だからごく分布が広く、また、小野神をいつき祀って、諸国を移動した小野氏に由来する地名でもあるから、いっそう各所に小野という地名が拡がった。

右に述べた小野は、高野川《たかの》の上流だが、嵯峨の北、清滝川《きよたき》の流域にも、小野郷がある。おそらく、小野という同じ地名ということで、伝説が移動していったのであろうが、こちらにも、親王の遺蹟が、点在している。安楽寺《あんらくじ》には親王の木像があり、長福寺《ちょうふくじ》には親王の墓と称する石塔もある。

この小野郷の北の奥、丹波との境にそびえるのが桟敷《さじき》が嶽で、標高は比叡山よりも高く、しかもまた、伝説を多く伝える。『新撰京都名所図会』には、

古来この山には惟喬親王に関する幾多の伝説があって、山名の起りとなった桟敷というのも、親王がこの山上に高楼を構えて都を眺望されたからに因るといわれ、山中にはもと親王が角力を御覧になったという天狗の土俵場や、親王がもち給うた鞭が根を生じて竹となったという三本竹や、親王の乗馬を飼うた御厩の址などがあるといわれるが、今はあきらかにしない。

とある。

ところで惟喬親王には、その霊を祀ると伝える御霊《ごりょう》神社が点在し、小野山の麓の墓のそばにもそれがあり、小野郷の方にも、安楽寺に御霊神社がある。惟喬親王が、その霊を祀らな

ければならぬような、祟りを示したのかどうかは明らかではないが、皇位継承の争いが、あたかも熾烈《しれつ》であったかのごとくに伝説化していくにつれて、その出家入道も、原因をそこに結び付けられるようになり、そうなれば、御霊としての親王の霊魂の発動も、納得しようとする用意が、十分に民衆の側に形成されていったであろう。

伝説の世界における惟喬親王は、やがて、木地《きじ》職の祖神として近江君《きみ》ヶ畑《がはた》などに祀られるようになっていったが、それらは、業平と離れていくので、柳田国男「史料としての伝説」、折口信夫「木地屋の話」に譲っておきたい。

五　洛東　山科

業平の名どころとしては、やや、遠回しみたいな感じが避けられないが、もう一か所、洛東に目を転じて、東山から、山科《やましな》あたりを探ってみたい。そこは、十分に、業平伝説の栄える素地はあったのだけれども、なぜか、未発のままに終ってしまった、という感じがするところだからである。

『伊勢物語』五十九段にこんな話がある。

昔、男、京をいかが思ひけむ、東山に住まむと思ひ入りて、

住みわびぬ。今はかぎりと　山里に身を隠すべき宿　求めてむ
かくて、ものいたく病みて、死に入りたりければ、おもてに水そそぎなどして、生き出でて、
わが上に露ぞおくなる。天の川　門渡る舟の櫂のしづくか
となん、言ひて生き出でたりける。

この話の後段はともかくとして、東下りに出かけて行った業平に対して、こんな風に別に、東山のあたりに引き籠った、という伝えがあったらしいことが、想像される。そして、中世の冷泉家の歌学の伝統では、業平の東下りをまったくなかったこととして、東下りは、東山の藤原良房の邸にひき取られて謹慎生活にはいっていたことを、比喩的にいったのだ、という解釈があった。乗船をせかせた墨田川の渡し守は、藤原基経である、というような説まであるので、こういう説は、当然顧みられなくなってしまったが、あるいは、この段の話のように、東山に身を寄せていた、というような伝えが、業平について行われていたのかもしれない。

同時に、例の芥川の段の話にしても、『今昔物語集』になると、鬼一口の事件は、山科のことになっている。もちろん、業平に定着する前に、さまざまな人の身の上として、山科界隈の山の中の家で、似たようなできごとに逢った怪異譚が伝えられていたのだろうが、それが

いつか業平のこととなり、その記念に山科に「業平谷」の名を遺した。

竹村氏の『図会』の説明によると、業平谷の名のある場所は、業平生存当時は、安祥寺《あんしょうじ》の広い寺域の内であった場所だから、単なる伝説にすぎないとしておられる。ただ、そういう伝説が生じるための、業平も知らないある用意が行われていたことを考える必要があるだろう。

安祥寺は、藤原順子の発願によって、創建された寺である。順子は、冬嗣の女で、良房の妹。宮廷にはいって仁明天皇の后となって、五条の后と呼ばれ、文徳天皇を生んだ。寺は平安朝時代を通じて、屈指の名刹であり、今の山科駅の付近に、広い寺域を有していた。『伊勢物語』にも、文徳天皇の女御の多賀幾子《たかきこ》（良相《よしみ》の女）の仏事がこの寺で行われたことがみえている（第七十七・七十八段）。

ところで、多賀幾子の四十九日の仏事が行われた日、その行事に参加した右大将藤原常行《ときつら》が「かへさに、山科の禅師の親王《みこ》」がいらっしゃった「山科の宮」に参上した、ということが、七十八段にみえている。

この、山科の禅師の親王は、仁明天皇の皇子、人康《さねやす》親王であるとされており、山科の宮とは、人康親王の山荘であって、それは、安祥寺の東に接する地域だったという。

この時の訪問には、業平もついて行っている。常行は、親王のところをはじめて訪れたのだからというわけで、以前、紀の国の千里の浜にあった石を京まで運んで来てあったものを、使役を京に差し向けて取り寄せて、この山荘に献上した。造園を好まれた親王は非常に悦ばれ、人々に歌をよませられたが、結局業平の歌を、青苔をもって石のおもてに記して、これを庭に据えた。

今、安祥寺の東に接する諸《もろ》羽《は》神社の西北隅にある琵琶石が、それだと伝えられている。また、諸羽神社の東に続く十禅寺《じゅうぜんじ》の東北隅には、人康親王の墓があり、また人康親王御霊社もある。

ただ、七十八段の「山科の禅師の親王」が、人康親王であるかどうかは、疑問とする説もある。それは、多賀幾子の四十九日の仏事の時は、親王はまだ出家以前だったから、というのだが、これは、その時はまだ入道前であっても、呼称は、後の名によることもあるので、人康親王とみておいていいと思う。

しかし、それよりも読者の側の印象としては、この人康親王に、つかず離れずに、惟喬親王を重ねて受け取ってはいなかったか、ということだ。

人康親王は、仁明天皇の第四皇子で、文徳天皇の弟になる。天長八年（八三一）の生れであるが、天安二年（八五八）、二十八歳で失明し、翌貞観元年（八五九）、二十九歳で出家し、山科の宮に隠棲された。そして、貞観十四年（八七二）、四十二歳で薨ぜられた。――こういう人生である。

惟喬親王は、承和十一年（八四四）の生れだから、十三歳の年少だが、七歳で、第一皇子でありながら、皇位に即《つ》くことは断念せざるを得ないことになり、貞観十四年（八七二）、まことに偶合するのだが、同じ二十九歳で、しかも人康親王のなくなられた年に、惟喬親王は出家して、小野に隠棲している。なんとなく、重なり合ってくる人生を、感じさせられるのも、無理のないことだと思う。

前に書いたように、惟喬親王には、御霊神社があって、その霊魂が鎮まらなかったという伝えのあったことを想像させるのだが、人康親王にもそれがある。文徳天皇の皇統は、清和天皇、陽成天皇ときて、絶えている。しかも、陽成天皇は「性悪にして人主の器に堪へず」と伝えられた天皇である。執念深い、ものの気に苦しめられて、尋常の状態ではなかったらしい。逆に、現前のそうした事実から、過去となった人々の、鎮まらざる霊魂が追及されて、多くの人々が納得する人が発見されるのである。業平の周辺には、そうした伝承が、次第に形成されていったようである。

＊

在原業平の行動を、「旅」という点から眺めて、旅人・在原業平を追ってきたのだが、まだ、重要な、伊勢への狩りの使などがある。しかし、東下りに対しては、洛南・洛北・洛東の名どころをもって、筆をおきたい。

あとがき

淡交社のきも入りで、奈良本辰也さんと何度か交歓を繰り返しているうちに、このシリーズの、全体の名である「日本の旅人」という名称と、構想の大よそができ上がった。「日本の旅人」の一人一人を採択し、その人自身の旅日記の名をうたい、さらにシリーズ全体としては、過不足なく日本全土にその旅が行きわたるように、という、かなり欲張った企画にまとまっていった。そのために、ここでの選択に洩れた旅人、作品、地方も、いろいろ出てきたことは致し方がない。

その第一作として書いたのが『在原業平』だから、本書には、著者としてのわたしのほかに、立案者、企画者としてのわたしが、かぶさっているように思う。気負ったようないい方だが、自然に、日本の旅人の負うている宿命や、日本の紀行文芸の特質のようなことに、筆が進んだりしているのは、そのためである。

一人の旅人としての在原業平の中に、大勢の日本の旅人の投影を追っていけば、まだまだ、書くべきことは多く、ことに、中世・近世の、芸能・芸謡の類の中に、その姿を求めるべきなのだが、それは「伊勢物語」への集中を阻害してしまうために、あきらめなければならなかった。それは別の構想のもとに、「道行きの文芸」のような一書が、計画されなければならないであろう。

本書のねらった一つは、当然、伊勢物語の読解そのものにあったわけだが、読み易さを第一としたので、本書に引用した伊勢物語の本文は、自由に字を当て、句読をほどこしてある。そのために、末尾に久松潜一先生校註の『伊勢物語』を、請うて載せさせていただいた。これは、昭和五年刊行の改造文庫の一本であって、わたしが昭和七、八年の頃、国文学に親しみはじめた時分に、伊勢物語を読んだのは、この本であった。まだ慶応義塾大学の経済学部の予科にいた頃のことで、文学部に進んで、折口信夫先生に出会うより前のことであった。折口先生の国文学の教室では、テキストとしては、幸田露伴の校訂になる、岩波文庫の『参考伊勢物語』（屋代弘賢）であり、池田亀鑑博士の校本であった。しかし、いまだに、気楽に伊勢物語を手にするときは、わたしは改造文庫である。四十年の付き合いということになる。同時に、伊勢物語にはじめて触れてから、四十年にして、ようやく一書を成したのが、本書であるということになる。ずいぶん怠惰な学徒であったわけである。

昨年の暮、押しつまった師走の二、三日を、河内、山城の業平遺跡の採訪に過ごした。渚の院の址は、案内に立ってくれた、大阪府庁の中村浩氏——というよりも『若き折口信夫』の著者で、同門の友人である中村浩君が、自分の責任のように面目ながったほど、渚の院の址の碑は、目じるしの農協の建物とともに消え失せてしまっていた。京阪線の御殿山駅のそばの農協は、近くに引越し、その際に石碑がどこかへ行ってしまっていた。中村君の熱心な探策で、西雲寺の旧寺内と思われる、鐘つき堂の裏手に、それが立っているのを見つけた。渚の院は、枚方市の町名に、渚の名を遺すだけとなってしまった。

翌日は、淡交社の小笹弘四郎氏に同乗して貰って、洛北の雲が畑まではいり、ついで大原に回って、惟喬親王の御墓にまいったり、山科の安祥寺界隈を見て歩いたりした。いわゆる土地かんのない、東京者としては、王朝の昔の研究には、たえずこうした小旅行を試み続けていなければならない。逆に、本書が奇縁となって、京都のあちこち、東下りの海道のあちこちと、縁を結んでくださる人が出てくれれば、著者望外の幸せである。

本書の執筆にかかってから、今日、こうした形に整うまで、淡交社の服部友彦氏にすべてのめんどうをお願いした。末筆ながら記しとどめて、謝意を表したい。

昭和四十八年一月

付録

伊勢物語抄・年表・関係地図

伊勢物語抄

(注)本抄録は、昭和五年五月改造社刊改造文庫第二部第十五篇『伊勢物語』（久松 潜一校註）を底本として、本文中に引用された段数に限った。また、底本中、漢字表記については新漢字に改めた。なお〔 〕内の数字は段名を示す。

〔一〕昔《むかし》、男、初冠《うひかうぶり》して、奈良の京《みやこ》、春日《かすが》の里にしるよしして、狩《かり》にいにけり。その里に、いとなまめいたる女《をんな》はらから住《す》みけり。この男かいまみてけり。おもほえず古里《ふるさと》にいとはしたなくてありければ、心地まどひにけり。男の著《き》たりける狩衣《かりぎぬ》の裾《すそ》をきりて、歌を書きてやる。その男、信夫摺《しのぶずり》の狩衣をなむ著たりける。

　春日野のわか紫の摺衣《すりごろも》しのぶのみだれかぎり知られず

となむ、おひつぎていひやりける。ついで面白き事ともや思ひけむ、

　陸奥《みちのく》のしのぶもぢずり誰ゆゑに乱れそめにし我ならなくに

といふ歌の心ばへなり。昔人《むかしびと》は、かくいちはやきみやびをなむしける。

〔二〕昔、男ありけり。奈良の京《みやこ》は離れ、この京は人の家まだ定まらざりける時に、西の京に女ありけり。その女世の人には勝《まさ》れりけり。其人《そのひと》かたちよりは心なむ勝りたりける。独りのみもあらざりけらし。それをかのまめ男うち物語《ものがた》らひて、帰り来て、いかゞ思ひけむ、時は弥生《やよひ》のついたち、雨そぼふるにやりける。

　おきもせず寝もせで夜をあかしては春のものとて眺め暮しつ

〔三〕　昔、男ありけり。懸想《けさう》しける女のもとに、ひじきもといふ物をやるとて、

おもひあらば葎《むぐら》の宿にねもしなむひじきものには袖《そで》をしつゝも

二条后《にでうのきさき》の、まだ帝《みかど》にも仕《つか》うまつり給はで、たゞ人《うど》にておはしましける時のことなり。

〔四〕　昔、東《ひんがし》の五条に、大后宮《おほきさいのみや》おはしましける。西の対《たい》にすむ人ありけり。それを本意にはあらで、志深かりける人行きとぶらひけるを、正月十日《むつきのとうか》ばかりのほどに、ほかに隠れにけり。あり所は聞けど、人のいき通ふべき所にもあらざりければ、なほ憂《う》しと思ひつゝなむありける。又の年の正月に、梅の花《はな》盛《ざかり》に、去年《こぞ》を恋ひていきて、立ちて見居て見みれど、去年に似るべくもあらず。うち泣きて、あばらなる板敷に、月の傾くまでふせりて、去年を思ひいでゝよめる。

月やあらぬ春や昔の春ならぬ我が身ひとつはもとの身にして

とよみて、夜《よ》のほの〴〵と明くるに、泣く〳〵帰りにけり。

〔五〕　昔、男ありけり。東《ひんがし》の五条わたりにいと忍びて行きけり。密《みそか》なる所なれば、門《かど》よりもえ入らで、童の踏みあけたる築地《ついひぢ》のくづれより通ひけり。人しげくもあらねど、度重なりければ、あるじ聞きつけて、その通《かよ》ひ路《ぢ》に、夜毎に人をすゑて守らせければ、いけどもえ逢はで帰りけり。さてよめる、

人知れぬわがかよひ路の関守はよひ〳〵ごとにうちも寝ななむ

と詠めりければ、いといたう心やみて、あるじ許してけり。（二条后に忍びて参りけるを、世の聞えありければ、兄達《せうとたち》の守らせ給ひけるとぞ。）

〔六〕　昔、男ありけり。女のえ得まじかりけるを、年を経てよばひ渡りけるを、辛うじて盗みいでゝ、いと暗きに、芥川《あくたがは》といふ河をゐていきければ、草の上におきたりける露《つゆ》を、「かれは何ぞ。」となむ男に問《と》ひける。ゆくさきおほく、夜も更けにければ、鬼ある所とも知らで、神さへいといみじう鳴り、雨も痛うふりければ、あばらなる蔵《くら》に、女をば奥におし入れて、男弓胡簶《ゆみやなぐひ》を負《お》ひて、戸口にをり。はや夜も明けなむと思ひつゝ居たりけるに、鬼、はや一口《ひとくち》に食ひてけり。あなやといひけれど、神鳴る騒ぎにえ聞かざりけり。やう〳〵、夜も明けゆくに、見れば、率《ゐ》て来《こ》し女もなし。足ずりをして泣けどもかひなし。

白玉《しらたま》かなにぞと人の問ひし時露と答へてけなましものを

これは、二条后の、いとこの女御《にょうご》の御許《おほんもと》に仕《つか》うまつるやうにてゐ給へりけるを、容《かたち》のいとめでたくおはしければ、盗みて負ひて出でたりけるを、御兄《おんせうと》堀河大臣《ほりかはのおとゞ》、太郎国経大納言《たらうくにつねのだいなごん》、まだ下臈《げらふ》にて、内《うち》へまゐり給ふに、いみじう泣く人あるを聞きつけて、留《とゞ》めてとり返したまうてけり。それをかく鬼とはいふなりけり。まだいと若うて、后の、たゞにおはしけるときとかや。

〔七〕　昔、男ありけり。京にありわびて、東《あづま》にいきけるに、伊勢《いせ》、尾張《をはり》のあはひの海づらを行くに、浪

のいと白くたつを見て、

いとゞしく過ぎ行くかたの恋しきにうらやましくもかへる浪かな

となむ詠めりける。

〔八〕昔、男ありけり。京やすみうかりけんあづまのかたにゆきてすみ所もとむとてともとする人一人二人してゆきけり。信濃国《しなのゝくに》、浅間《あさま》の嶽《たけ》に、烟《けぶり》のたつを見て、

信濃なる浅間のたけに立つ煙をちこち人の見やはとがめぬ

〔九〕昔、男ありけり。その男身をえうなき物に思ひなして京《きやう》にはあらじ。東《あづま》の方に住むべき国求めにとて往きけり。もとより友とする人、一人二人していきけり。道知れる人もなくて惑ひ行きけり。三河《みかはの》国八橋《くにやつはし》といふ所に至りぬ。そこを八橋といひけるは水ゆく河のくもてなれば橋を八つ渡せるによりてなむ八橋といひける。その沢の辺《ほとり》の木の陰におり居て、餉《かれいひ》くひけり。その沢に燕子花《かきつばた》いと面白く咲きたり。それを見てある人の曰く、「かきつばたといふ五文字《いつもじ》を句の上《かみ》にすゑて、旅の心を詠め。」といひければ、よめる、

唐衣《からごろも》きつゝ馴れにしつましあればはる〴〵来ぬる旅をしぞ思ふ

と詠めりければ、みな人、餉《かれいひ》の上に涙落してほとびにけり。行き〳〵て駿河国《するがのくに》にいたりぬ。宇津《うつ》の山に至りて、我が入らむとする道は、いと暗う細きに、蔦《つた》かえでは茂り、物心ぼそく、すゞろなるめを見る

事と思ふに、修行者《すぎやうじや》あひたり。「かゝる道は、いかでかいまする。」といふを、見れば、見し人なりけり。京に、その人の御許《もと》にとて、文かきてつく。

　駿河なるうつの山辺のうつゝにも夢にも人に逢はぬなりけり

富士山《ふじのやま》を見れば、五月《さつき》のつごもりに、雪いと白う降れり。

　時しらぬ山はふじの嶺《ね》いつとてか鹿《か》のこまだらに雪の降るらむ

その山は、こゝにたとへば、比叡山《ひえのやま》を、二十《はたち》ばかり重ねあげたらむほどして、なりは塩尻《しほじり》のやうになむありける。猶行き〳〵て、武蔵国《むさしのくに》と下総国《しもつふさのくに》とのなかに、いと大《おほ》きなる河あり。それを角田河《すみだがは》といふ。その河の辺《ほとり》にむれゐて思ひやれば、かぎりなく遠くも来にけるかなと、わびあへるに、渡守《わたしもり》、「はや舟に乗れ、日も暮れぬ。」といふに、乗りて渡らむとするに、皆人ものわびしくて、京に思ふ人なきにしもあらず。さる折しも、白き鳥の嘴《はし》と脚《あし》とあかき、鴫《しぎ》の大《おほ》きさなる、水の上に遊びつゝ魚《いを》を食ふ。京には見えぬ鳥なれば、みな人見知らず。渡守に問ひければ、「これなむ都鳥《みやこどり》。」といふを聞きて、

　名にしおはばいざこと問はむ都鳥わが思ふ人はありやなしやと

と詠めりければ、舟こぞりて泣きけり。

〔十〕　昔、男、武蔵国《むさしのくに》まで惑ひ歩《あり》きけり。さて、その国にある女をよばひけり。父は、こと人《びと》にあはせむといひけるを、母なむ、あてなる人に心づけたりける。父はなほ人《びと》にて、母なむ藤原なりける。さてなむ、あてなる人にと思ひける。このむこがねに詠みて遣《おこ》せたりける。住む処《ところ》なむ、入間郡《いるまのこほり》みよし野の里なりける。

みよし野のたのむの雁《かり》もひたぶるに君がかたにぞよると鳴くなる

むこがね、かへし、

我が方《かた》によると鳴くなるみよし野のたのむの雁をいつか忘れむ

となむ。人の国にても、猶かゝることなんやまざりける。

〔十一〕昔、男、東《あづま》へ行きけるに、友だちどもに道よりいひおこせける、

忘るなよ程はくもゐになりぬとも空ゆく月のめぐり逢ふまで

〔十四〕昔、男、陸奥国《みちのくに》にすゞろに行き至りにけり。そこなる女、京《みやこ》の人はめづらかにや覚えけむ、せちに思へる心なむありける。さて、かの女、

なかく\に恋《こひ》に死なずは桑子にぞなるべかりける玉の緒《を》ばかり

歌さへぞ、ひなびたりける。さすがに哀れとや思ひけむ、いきて寝にけり。夜ふかく出でにければ、女、

夜も明けばきつにはめなでくだ鶏《かけ》のまだきに鳴きてせなをやりつる

といへるに、男、京へなむまかるとて、

栗原《くりはら》やあねはの松の人ならば都のつとにいざといはましを

といへりければ、よろこぼひて、「思ひけらし」とぞいひ居りける。

〔十五〕　昔、みちの国にて、なでふ事なき人の女に通ひけるに、怪しうさやうにてあるべき女ともあらず見えければ、

信夫山《しのぶやま》しのびてかよふ道もがな人の心のおくもみるべく

女、限りなくめでたしと思へど、さるさがなきえびすこゝろを見てはいかゞはせむは。

〔五十九〕　昔、男、京をいかゞ思ひけむ、東山《ひんがしやま》にすまむと思ひ入りて、

住みわびぬ今はかぎりと山里に身を隠すべき宿もとめてむ

かくて、ものいたく病《や》みて死に入りたりければ、面《おもて》に水そゝぎなどして、息出でて、

わがうへに露ぞおくなる天の河とわたる船の櫂《かい》のしづくか

となむいひて、いき出でたりける。

〔七十七〕　昔、田村《たむら》の帝《みかど》と申すみかどおはしましけり。その時の女御《にょうご》、多賀幾子《たかきこ》と申すいまそかりけり。それ亡《う》せ給ひて、安祥寺《あんしやうじ》にて、みわざしけり。人人捧《さゝ》げ物《もの》奉りけり。奉りあつめたるもの千捧《ちさゝげ》ばかりあり。そこばくの捧げ物を木の枝につけて、堂《だう》の前《まへ》に立てたれば、山もさらに堂の前に動き出でたるやうになむ見えける。それを、右大将《うだいしやう》にいまそかりける藤原常行《ふぢはらのときつら》と申すいまそかりて、講《かう》の終《をは》るほどに、歌よむ人々を召しあつめて、今日のみわざを題にて、春の心ばへある歌奉らせ給ふ。右馬頭《みぎのうまのかみ》なりける翁、

目はたがひながら詠みける、

山のみな移りて今日に逢ふことは春のわかれをとふとなるべし

と詠みたりけるを、今見ればよくもあらざりけり。そのかたみはこれや勝《まさ》りけむ、あはれがりけり。

〔七十八〕 昔、多賀幾子《たかきこ》と申す女御おはしましけり。亡《う》せ給ひて、七々日《なゝぬか》の御《み》わざ安祥寺にてしけり。右大将藤原常行といふ人いまそかりけり。その御《み》わざにまうで給ひてかへさに、山科《やましな》の禅師《ぜんじ》のみこおはします、その山科の宮に、滝落し、水走らせなどして、おもしろく造られたるにまうで給ひて、「年比《としごろ》よそには仕《つか》う奉《まつ》れど、近くはいまだ仕うまつらず。今宵《こよひ》はこゝに侍《さむら》はむ。」と申し給ふ。親王《みこ》喜び給うて、夜のおましのまうけせさせたまふ。さるにかの大将、出でてたばかり給ふやう、「宮仕への初めに、たゞなほやはあるべき。三条《さんでう》の大行幸《おほみゆき》せし時、紀国《きのくに》の千里《ちさと》の浜《はま》にありけるいとおもしろき石奉れりき。大行幸の後《のち》奉れりしかば、或人《あるひと》の御曹司《みざうし》の前《まへ》の溝《みぞ》にすゑたりしを、「島好み給ふ君なり、この石を奉らむ。」と宣《のたま》ひて、御随身舎人《みずゐしんとねり》してとりに遣《つかは》す。いくばくもなくて持て来ぬ。この石、聞きしよりは見るは勝れり。これをたゞに奉らばすゞろなるべしとて、人々に歌よませ給ふ。右馬頭《みぎのうまのかみ》なりける人のをなむ、青き苔を刻みて、蒔絵《まきゑ》のかたに、この歌をつけて奉りける。

あかねども岩にぞかふる色見えぬ心を見せむよしのなければ

となむよめりける。

〔八十一〕昔、左大臣《ひだりのおほいまうちぎみ》いまそかりけり。賀茂川《かもがは》のほとりに、六条わたりに、家をいとおもしろく造りて住みたまひけり。十月《かみなづき》の晦日《つごもり》がた、菊の花うつろひさかりなるに、紅葉《もみぢ》の千種《ちぐさ》に見ゆる折《をり》、親王達《みこたち》おはしまさせて、夜《よ》ひと夜酒飲《さけのみ》しあそびて、夜あけもて行くほどに、この殿のおもしろきを褒むる歌よむ。そこにありけるかたゐ翁、いた敷の下にはひありきて、人にみな詠ませ果てて詠める、

　塩竈にいつか来にけむ朝なぎに釣する舟はこゝによらなむ

となむ詠みけるは、陸奥国《みちのくに》にいきたりけるに、怪しくおもしろき所々おほかりけり。わがみかど六十余国の中に、塩竈《しほがま》といふ所に似たる所なかりけり。さればなむ、かの翁、更にここをめでて、「塩竈にいつか来にけむ。」とよめりける。

〔八十二〕昔、惟喬親王《これたかのみこ》と申す親王《みこ》おはしましけり。山崎のあなたに水無瀬《みなせ》といふ所に宮ありけり。年ごとの桜の花盛《はなざかり》には、その宮へなむ坐《おはしま》しける。その時、右馬頭《みぎのうまのかみ》なりける人を、常に率《ゐ》ておはしましけり。時世《ときよ》へて久しくなりにければ、その人の名忘れにけり。狩は懇《ねんごろ》にもせで酒を飲みつゝ、やまと歌にかゝれりけり。いま狩する交野《かたの》の渚《なぎさ》の家その院の桜ことにおもしろし。その木《こ》の下《もと》におり居て、枝を折りてかざしにさして、上中下《かみなかしも》みな歌よみけり。馬頭《うまのかみ》なりける人の詠める、

　世のなかに絶えて桜のなかりせば春の心はのどけからまし

となむ詠みたりける。また、人の歌、

　散ればこそいとゞ桜はめでたけれうき世になにか久しかるべき

とて、その木の下《もと》は立ちてかへるに、日暮になりぬ。御供《おんとも》なる人、酒をもたせて野より出できたり。こ

の酒を飲みてむとて、よき所をもとめ行くに、天河《あまのがは》といふ所に至りぬ。親王に馬頭大御酒《おほみき》まゐる。親王の宣《のたま》ひける、「交野を狩りて天河の辺《ほとり》に至るを題にて、歌よみて杯《さかづき》はさせ。」と宣《のたま》うければ、かのむまのかみよみて奉りける、

　狩りくらし棚機津女《たなばたつめ》に宿からむ天の河原にわれは来にけり

みこうたをかへす〴〵誦《ず》じ給うて、返し得し給はず。紀有常《きのありつね》御供に仕うまつれり、それがかへし、

　一とせにひとたび来ます君まてば宿かす人もあらじとぞ思ふ

かへりて宮に入らせ給ひぬ。夜ふくるまで酒飲み物語して、あるじの親王、酔《ゑ》ひて入り給ひなむとす。十一日の月も隠れなむとすれば、かの馬頭のよめる、

　あかなくにまだきも月の隠るゝか山の端にげて入れずもあらなむ

親王に代《かは》り奉りて、紀有常、

　おしなべて峯もたひらになりななむ山の端《は》なくば月も入らじを

〔八十三〕　昔、水無瀬にかよひ給ひし惟喬親王、例の狩《かり》しにおはします。供に馬頭《うまのかみ》なる翁つかう奉《まつ》れり。日ごろ経て宮にかへり給ふけり。御送《おんおく》りして疾《と》くいなむと思ふに、大御酒《おほみき》たまひ、禄《ろく》はむとて遣《つかは》さざりけり。この馬頭心もとながりて、

　枕とて草ひき結ぶこともせじ秋の夜とだにたのまれなくに

と詠みける。時は三月《やよひ》の晦日《つごもり》なりけり。親王大殿籠《おほとのごも》らであかし給うてけり。かくしつゝまうで仕うまつりけるを、思ひの外《ほか》に御髪《みぐし》おろし給うてけり。正月《むつき》にをがみ奉らむとて、小野にまうでたるに、比叡山《ひえのやま》

の麓《ふもと》なれば、雪いと高し。強《し》ひて御室《みむろ》に詣《まう》でて拝み奉《たてまつ》るに、つれぐ〳〵といと物悲しくておはしましければ、やゝ久しく侍《さぶら》ひて、いにしへの事など思ひ出で聞《きこ》えけり。さても侍ひてしがなと思へど、公事《おほやけごと》どもありければ、え侍はで、夕暮《ゆふぐれ》にかへるとて、

忘れては夢かとぞおもふ思ひきや雪ふみわけて君を見むとは

とてなむ泣く〳〵来にける。

〔八十四〕　昔、男ありけり。身はいやしながら、母なむ宮なりける。その母長岡《ながをか》といふ所に住み給ひけり。子は京に宮仕へしければ、まうづとしけれど、しば〳〵得まうでず。ひとつ子《ご》にさへありければ、いとかなしうし給ひけり。さるに、十二月《しはす》ばかりに、とみの事とて御文《おんふみ》あり。驚きて見れば、うたあり、

老いぬればさらぬ別れのありといへばいよ〳〵見まくほしき君かな

かの子、いたううちなきてよめる、

世の中にさらぬ別れのなくもがな千代もといのる人の子のため

〔八十五〕　昔、男ありけり。童《わらは》より仕うまつりける君、御髪《みぐし》おろし給うてけり。正月《むつき》には必ずまうでけり。おほやけの宮仕へしければ、常にはえまうでず、されど、もとの心失《うしな》はでまうでけるになむありける。昔仕う奉りし人、俗なる、禅師なる、あまた参り集まりて、正月なればことだつとて、大御酒《おほみき》賜ひけり。雪こぼすがごと降りて、終日《ひねもす》に止まず。皆人酔《ゑ》ひて、「雪に降り籠められたり。」といふを題にて

歌ありけり、

思へども身をしわけねばめかれせぬ雪のつもるぞ我が心なる

と詠めりければ、親王いといたうあはれがり給うて、御衣《おんぞ》脱ぎて賜へりけり。

〔百二十五〕　昔、男、わづらひて、心地死ぬべくおぼえければ、

つひにゆく道とはかねて聞きしかどきのふけふとは思はざりしを

年表

和暦	西暦	関係事項	一般事項
大同 元	八〇六	桓武天皇没（七〇歳）	平城天皇即位　空海帰朝
二	八〇七		伊予親王とその母、自殺
四	八〇九		嵯峨天皇即位
弘仁 元	八一〇		藤原薬子の変
二	八一一		文室綿麻呂、蝦夷平定の状を献上
五	八一四		万多親王ら『新撰姓氏録』を作成
七	八一六		空海、高野山に道場を開く
九	八一八		最澄、天台宗年分学生式を制定
一二	八二一		藤原冬嗣、勧学院を創立
一三	八二二		最澄没
一四	八二三		淳和天皇即位
天長 元	八二四	業平の父阿保親王、十五年ぶりに大宰府より帰京	平城上皇没
二	八二五	業平生誕（一歳　父阿保親王　母伊登内親王）	
三	八二六	阿保親王賜姓願（在原家起る）	藤原冬嗣没
四	八二七		延暦寺戒壇院建立

㈡本年表において、関係事項は本文中に記載された在原業平及びその周辺の人たちの事績を示す。なお、参考出典として歴史学研究会編岩波書店刊『日本史年表』を使用した。

五	八二八		空海、綜芸種智院を建立
八	八三一	仁明天皇第四皇子人康親王生誕	
一〇	八三三		仁明天皇即位
承和 二	八三五		空海没
五	八三八		小野篁、隠岐に配流
八	八四一		藤原緒嗣ら『日本後紀』を作成
九	八四二	阿保親王没（五一歳）　嵯峨上皇没　恒貞親王廃太子、道康親王（後の文徳天皇）の立太子	承和の変
一一	八四四	惟喬親王生誕	
一四	八四七		円仁帰朝
嘉祥 二	八四九	業平、無位より従五位下となる（二五歳）	
三	八五〇	文徳天皇即位　清和天皇生誕	
仁寿 三	八五三		円珍、渡唐のため出発
斉衡 元	八五四		陸奥に出兵
天安 元	八五七		藤原良房、太政大臣
二	八五八	人康親王失明（二八歳）	清和天皇即位
貞観 元	八五九	藤原高子、五節の舞姫となる（一八歳）　人康親王出家（山科の宮に隠棲）	
四	八六二	業平、正六位上より従五位上となる（三八歳）	
八	八六六	高子、清和天皇の女御となる（二五歳）	応天門の変
一〇	八六八	貞明親王（後の陽成天皇）生誕	

	一一	八六九	高子、「東宮の御息所」「東宮の女御」と称せられる	藤原良房ら『続日本後紀』を献上
	一四	八七二	業平、勅使として渤海国使臣を鴻臚館において歓待する（四八歳） 人康親王没（四二歳） 惟喬親王出家（小野に隠棲、二九歳）	藤原良房没
	一五	八七三	業平、従四位下となる（四九歳）	
	一七	八七五		渡嶋の蝦夷が叛し、これを討たせる
	一八	八七六	清和天皇譲位（二七歳） 陽成天皇即位（九歳）	
元慶	元	八七七	業平、右近衛ノ権ノ中将となる 「在中将」・「在五中将」といわれる（五三歳） 高子、中宮宣下	
	二	八七八	蝦夷叛乱最高潮、業平の婿藤原保則が征討の衝にあたる	
	三	八七九		藤原基経ら『文徳実録』を作成
	四	八八〇	業平、中将のまま没（五六歳）	
	五	八八一		在原行平、奨学院を創立
	六	八八二	高子、皇太后となる（四一歳）	
	八	八八四		光孝天皇即位
仁和	三	八八七		宇多天皇即位
	四	八八八		阿衡の議
寛平	二	八九〇		僧正遍照没
	三	八九一		菅原道真、蔵人頭
	四	八九二		菅原道真、『類聚国史』を作成
	六	八九四		菅原道真を遣唐大使に任命 遣唐使を廃止

七	八九五		源融没
八	八九六	高子、皇太后の后位を止められる	
九	八九七		醍醐天皇即位
延喜元	九〇一		菅原道真を大宰権帥に左遷　藤原時平ら、『三代実録』を完成
三	九〇三		菅原道真没
五	九〇五		紀貫之ら『古今和歌集』を作成
九	九〇九		藤原時平没
一〇	九一〇	高子没	

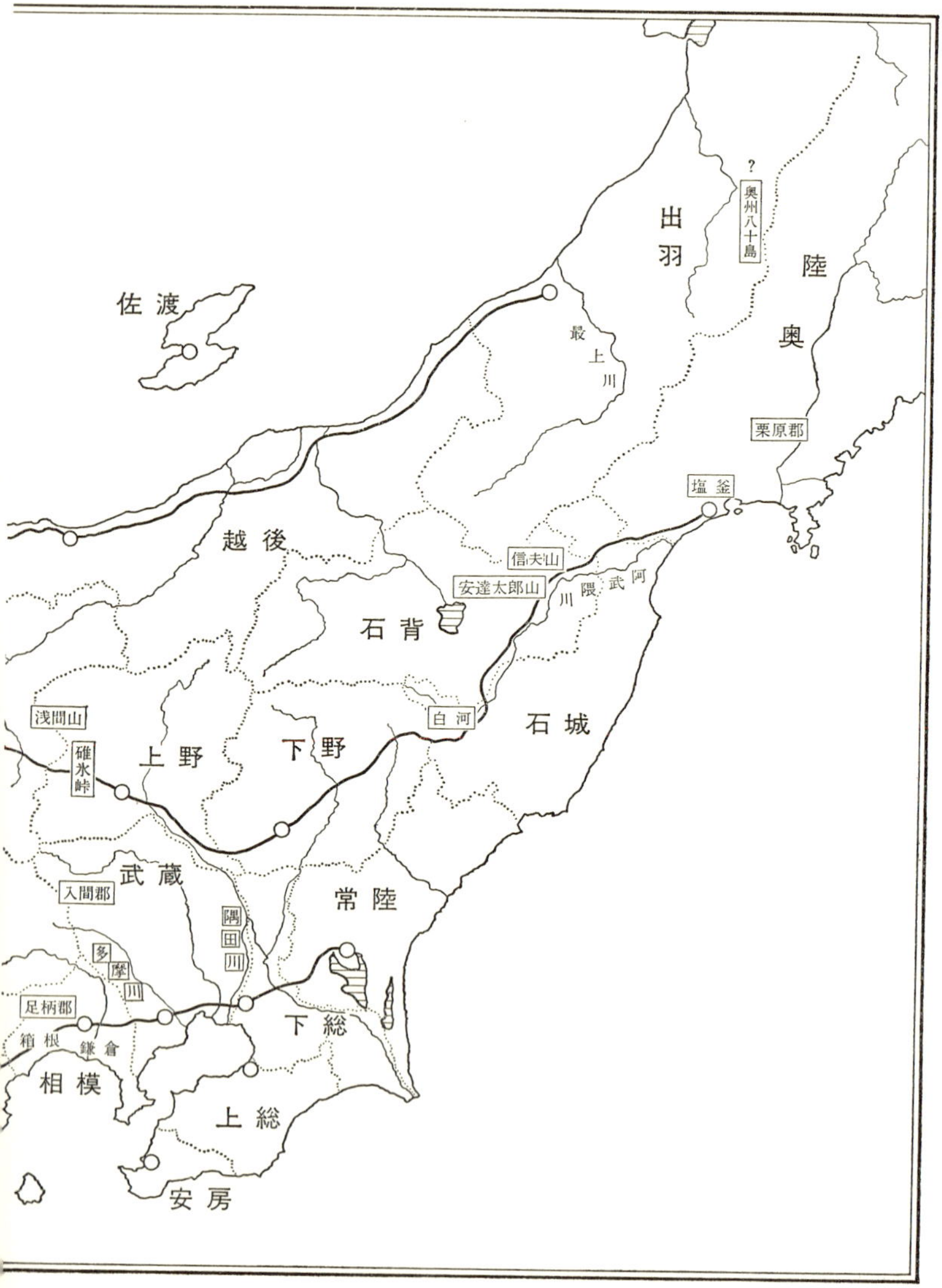

佐渡
出羽
陸奥
?
奥州八十島
最上川
栗原郡
塩釜
越後
信夫山
安達太郎山
阿武隈川
石背
白河
石城
浅間山
碓氷峠
上野
下野
武蔵
入間郡
常陸
隅田川
多摩川
足柄郡
箱根
鎌倉
下総
相模
上総
安房

在原業平関係地図

……… 国界　○ 国府　—— 主要道路

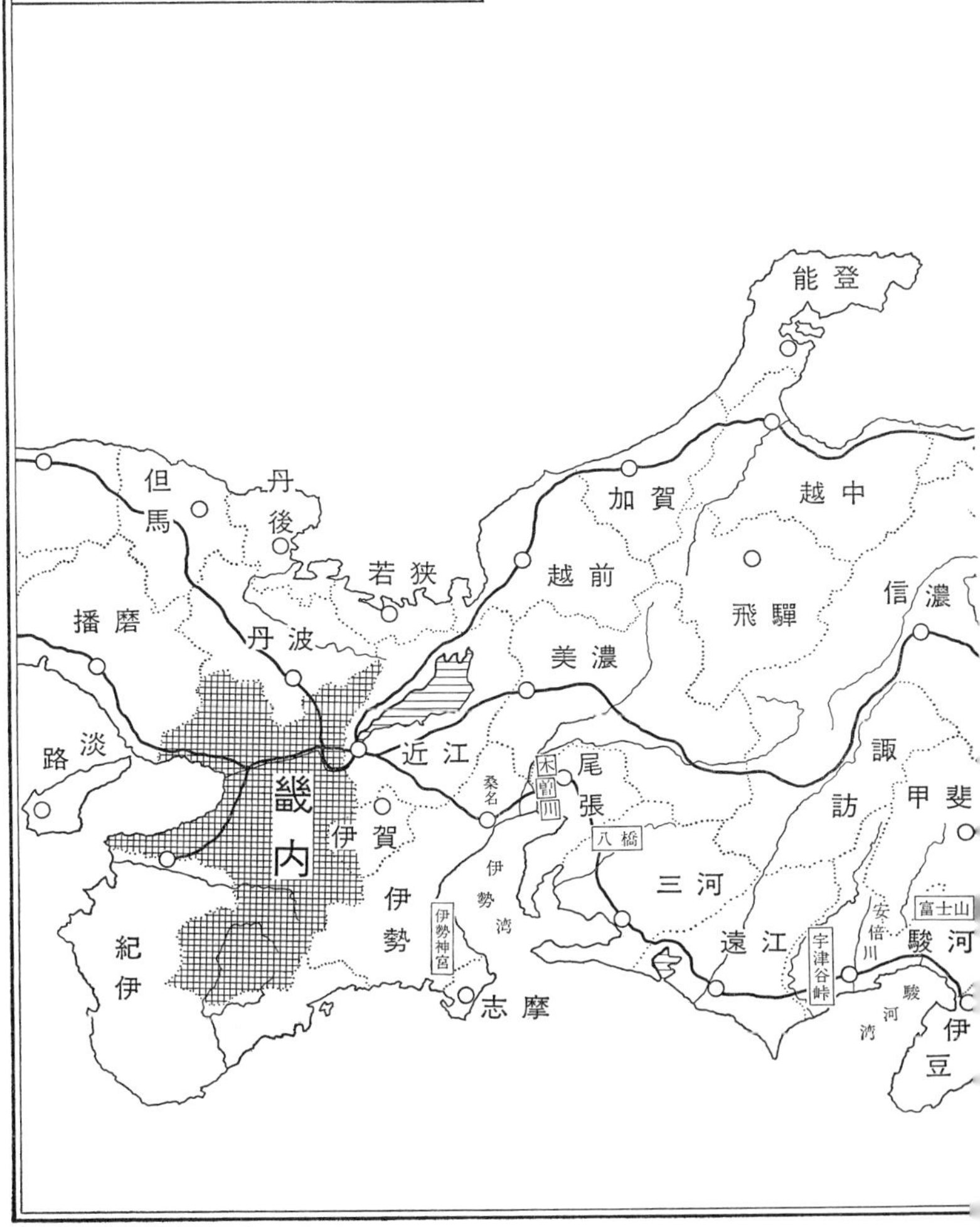

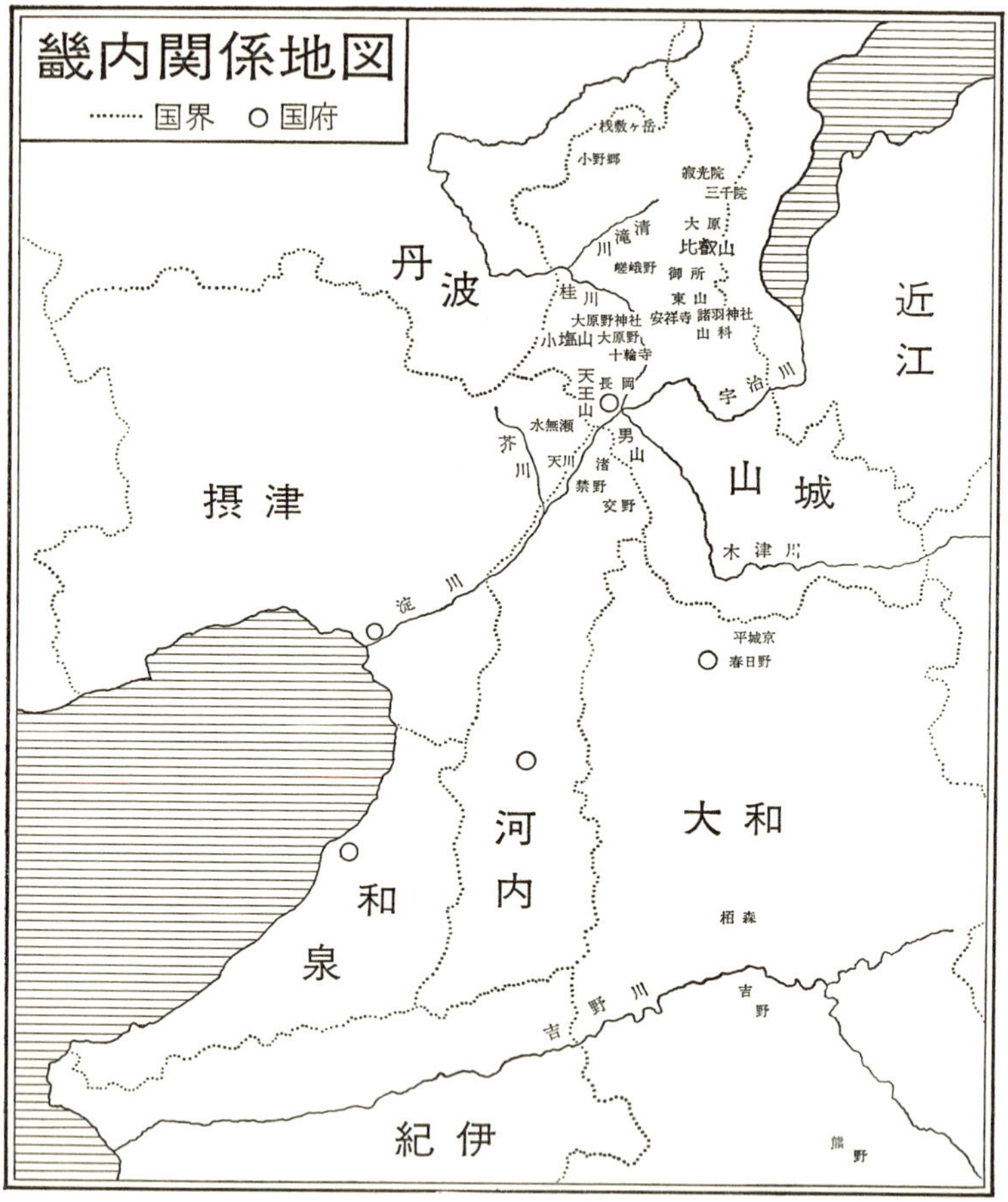
畿内関係地図
……… 国界 ○ 国府
栈敷ヶ岳
小野郷
寂光院
三千院
大原
清滝川
比叡山
嵯峨野
御所
丹波
桂川
東山
大原野神社
安祥寺
諸羽神社
山科
小塩山
大原野
十輪寺
近江
長岡
天王山
宇治川
水無瀬
男山
芥川
天川
渚
禁野
交野
摂津
山城
木津川
淀川
平城京
春日野
河内
大和
和泉
栢森
吉野川
吉野
紀伊
熊野

地図制作　奥野直子

解題

『日本の旅人』という、昭和四十八年（一九七三）に淡交社から刊行された全十五巻のシリーズの書籍があった。歴史上の人物を「旅人」という観点でとらえて考察しようという構想で、その十五巻は、①『在原業平 東下り』（池田彌三郎）、②『紀貫之 土佐日記』（竹西寛子）、③『西行 出家が旅』（富士正晴）、④『日蓮 配流の道』（紀野一義）、⑤『宗祇 浪曼と憂愁』（井本農一）、⑥『芭蕉 奥の細道』（安東次男）、⑦『高山彦九郎 京都日記』（野間光辰）、⑧『大田蜀山人 狂歌師の行方』（杉浦明平）、⑨『菅江真澄 常民の発見』（秋元松代）、⑩『十返舎一九 東海道中膝栗毛』（松田修）、⑪『頼山陽 歴史への帰還者』（野口武彦）、⑫『梁川星巌・紅蘭 放浪の鴛鴦』（大原富枝）、⑬『渡辺崋山 優しい旅びと』（芳賀徹）、⑭『松浦武四郎 蝦夷への照射』（更科源蔵）、⑮『吉田松陰 東北遊日記』（奈良本辰也）というラインナップであった。本書はその中の第一巻『在原業平 東下り』の復刻である。

本書のあとがきに、「淡交社のきも入りで、奈良本辰也さんと何度か交歓を繰り返しているうちに、このシリーズの、全体の名である『日本の旅人』という名称と、構想の大よそができ上がった。」と著者が記しているように、池田彌三郎・奈良本辰也両氏という当時の著名人二人の構想のもとに、このシリーズ十五巻で取り上げる人物と、それぞれの執筆者が選ばれた。池田氏は、シリーズ全般の立案者・企画者で、その第一巻の執筆者であった。本書はそういう事情のもとに成立して

・奈良本両氏は、ほぼ同年代で、当時還暦前。ともに世上によく知られた学者であったが、が生粋の江戸っ子である反面、奈良本氏は京都帝国大学卒業、立命館大学教授という京都にした来歴が対照的であった。

いる。と知れた碩学の国文学者・池田彌三郎氏であるが、中古文学にまつわる著作が数多くある中で、意外にも在原業平について一冊で著したものは、この本までなかったということがあとがきに記されている。池田氏の業平および『伊勢物語』に対する考察を最もよく伺い知ることができる書物ということになろう。本稿は角川書店から刊行された『池田彌三郎著作集』にも収録されている。余談ではあるが、あとがきに触れられている渚の院の址の石碑は、鐘つき堂とともに現在も枚方市渚元町に存在している。

なお、元の『日本の旅人』シリーズは本文とともにモノクロ写真が挿入されていて、その両方で見せていくという構成であったが、四十数年という時間の経過による場所の変移があり、そのグラビア頁は割愛し、文字部分のみの復刻としている。

平成三十一年二月

淡交社編集局

池田彌三郎（いけだ・やさぶろう）

一九一四年、東京都生まれ。慶應義塾大学国文学科卒業。折口信夫に師事。文学博士。慶應義塾大学文学部教授、NHK解説委員、国語審議会委員等を兼務。一九七七年、紫綬褒章受章。著書に『文学と民俗学』『芸能と民俗学』（岩崎美術社）、『私説折口信夫』『日本芸能伝承論』『日本の幽霊』『まれびとの座』（中央公論社）、『[illegible]代の一生』（講談社現代新書）、『カラー源[illegible]交社）、『池田彌三郎著作集』（角川[illegible]一九八二年没。

日本の旅人　在原業平

平成三十一年三月十日　初版発行

著　者　池田彌三郎
発行者　納屋嘉人
発行所　株式会社淡交社
本社　〒六〇三-八五八八　京都市北区堀川通鞍馬口上ル
営業（〇七五）四三二-五一五一
編集（〇七五）四三二-五一六一
支社　〒一六二-〇〇六一　東京都新宿区市谷柳町三九-一
営業（〇三）五二六九-七九四一
編集（〇三）五二六九-一六九一
www.tankosha.co.jp

印刷・製本　亜細亜印刷株式会社
装　幀　鷺草デザイン事務所

ISBN978-4-473-04292-7